大器婉成

上

風 文創 1039

夏言 著

序文

夏言

從二〇一七年開始創作到今天，我已經寫了很多套小說，有古代的、現代的；有長篇的，也有短篇的，內容皆不相同，但每個故事我都喜歡。

這套小說的故事非常溫馨，男女主角從互看不順眼到彼此扶持、互相喜歡，過程自然又讓人回味無窮。

男主角是一個屢試不中的讀書人，自從女主角到來，他的運氣短時間內產生很大的變化。先是考上秀才，接下來又考中舉人，最終成為狀元，被授予官職，取得了一定的成就。

女主角不是一朵依附於男人的菟絲花，她擁有一手好廚藝，靠著這點獲得了全家人的喜歡，又透過這個技能，扛起養家餬口的責任。從擺攤到開鋪子，從鎮上到縣城再到京城，女主角的事業宏圖漸漸展開。

男女主角都是將自身才能發揮到極限的人，在各自的領域上開創了一片天地，他們的感情也是水到渠成，細水長流。

寫這個故事時，我心中常為了男女主角的愛情感到喜悅，也非常欽佩他們在事業上奮鬥不懈，內心因此充滿了力量。優秀又努力的人，總是能為人帶來正能量，我創作出了男女主角，他們也影響了我，使我更加堅定而勇敢地面對生活中的難題。

總之，我很喜歡這個故事，也希望這套小說能獲得大家的喜愛。

在這裡，我要感謝為我推薦的編輯殊沐，謝謝您在百忙之中為我答疑解惑；感謝選中這套小說的狗屋出版社編輯，謝謝你們給我機會；更要感謝為這個作品修潤、校對文字的編輯們，謝謝你們！

第一章　魂穿小說

仲春時節，冰雪初融，綠意滋生。

距離江東府百里之外的群山中，零星地分布著幾個村子。幾聲雞鳴過後，旭日漸漸從東邊升了起來，人聲犬吠也此起彼伏，叢林間蛙聲鳥鳴漸次和著節奏，打破了一夜的空曠與寂靜。

聽著外頭的聲音，紀婉兒緩緩睜開了眼——她來到這個地方已經有幾日了。

這幾日，她分不清自己究竟是在作夢，還是真的來到了這個陌生的時空。整個人總是昏昏沈沈的，腦海中還多了許多不屬於自己的記憶。

嘎吱——

窗櫺年久失修，風一吹，就發出來陣陣響動。那帶著殘餘冷意的風也吹進了屋內，灌到了被筒裡。

紀婉兒不自覺裹了裹蓋在身上的碎花粗布被子。這被子過於粗糙，又用了多年，刮得她手有些疼。

若是夢，這夢也太真實了些；可若不是夢，她又為何會來到這裡呢？她不過是晚上看了一本小說，怎麼醒來之後就進入了小說的世界中呢？

這本小說可說非常勵志。

女主角是世家庶女，姨娘去世後，父親對她的關注就少了很多，在嫡母的攛掇下，年僅六歲的她被父親以犯錯為由，丟到了莊子上。等女主角長大後，她用盡一切手段回到京城，周旋於世家貴族之中，成功嫁給了五皇子，也就是男主角當側妃，隨後與他齊心協力扳倒了政敵。男主角登基後，女主角變成貴妃，後來她憑藉計謀取代了皇后的位置，母儀天下，兒子也成為太子。

這就是一部庶出女主角的成長奮鬥史，雖然題材老套，但女主角做什麼都會成功，看得人欲罷不能。穿進這樣一篇爽文，她應該感到高興才是，然而遺憾的是，她不是穿成女主角，而是一個不重要的角色，更慘的是，是個下場淒慘的惡毒女配角。

原主的親娘是在女主角身邊伺候的嬤嬤，原主幼時曾在女主角的院子裡陪她玩，見識過京城的上流生活，也曾穿金戴銀。六歲的女主角被扔到莊子時，身邊的嬤嬤與丫鬟都被趕出府，原主也一朝從繁華的京城來到貧窮的鄉下。

紀婉兒雖然看過小說，但因她只是其中一個小配角，所以只提及她的惡行和結果，其餘皆一筆帶過。至於原主的丈夫蕭清明，則跟女主角作對，是個反派角色。

她如今穿進書中，有了原主的記憶，只是這些記憶並不是全部都在腦子中，她必須親眼看到人、經歷具體的事件，才能慢慢回想起來。現在她知道的，就是一些事情的輪廓，而且帶著原主強烈的主觀色彩。

按照原主的記憶，她家的生活條件大不如前，她也從天堂跌進了地獄。等到該出嫁的年紀，她娘董嬤嬤又把她嫁給一個喪父喪母、家境貧寒、連秀才都不是的讀書人，蕭清明。

蕭清明的祖父母有三個兒子，他爹排行第二。因為爹娘早逝，蕭清明與他的手足共三人一直和祖父母以及叔叔、伯伯住在一起。

說起蕭家，家境本不富裕，之所以養著他們三個，並非是出於血緣或者憐憫，而是因為蕭清明會讀書。從小學堂裡的先生就說他前途不可限量，將來肯定能中秀才，他們信了這話，指望男主角出人頭地好沾點光，所以才這麼做。可惜蕭清明考了兩回都沒考上，之後叔伯就不想養他們了。

原主剛嫁過來一個月蕭家就分家，此後生活就更加艱難。蕭家伯伯和叔叔性子涼溥，早就看蕭清明他們三個不順眼，加上蕭清明不愛與人相爭，所以分家時幾乎沒分到什麼東西，還被趕到蕭家十來年沒人住的茅草屋裡。就這樣過了一段時間，原主終於再也受不了，跟著從京城來的一個商人跑了。

蕭清明讀書多年一事無成，是個肩不能挑、手不能提的書生。先是被叔伯趕出老宅，娘子又跟人跑了，打擊可謂不小。由於蕭家老宅那邊以及原主在外頭大肆宣揚，十里八村的人都覺得他是個被叔伯養著吃白飯、花娘子嫁妝的人——然而事實並非如此。

不說別的，就說家裡沒錢、花原主嫁妝這一點，紀婉兒就知道不對，因為在原主的櫃子裡放著蕭清明給的、本該用於科考卻被他拿出來貼補家用的銀鐲子與銀釵。這些銀飾大約值十兩銀子，被原主藏了起來，沒有當作家用不說，還到處向人說蕭清明用了她的嫁妝。

此外，原主除了富商，似乎還勾搭了別的男子……如今她腦海中已經隱隱有了一些畫面。

蕭清明個性被動，從未在外面反駁過這些言論，綠帽子這麼一戴，他便徹底淪為大夥兒茶餘飯後的笑柄。

之後，蕭清明的弟弟不幸被拐走，他就此變了一個人。很快的，蕭清明考上秀才，又在來年中舉，接著順利考上狀元。成為狀元的蕭清明帶著妹妹去了京城，蕭家村眾人一點光都沒沾上。

在京城，蕭清明遇到了原主。因他兩人並未真正和離，原主還是蕭清明的娘子，因此原主和姦夫以通姦罪被抓。至於原主的娘家紀家，也因各種原因過得很不順遂，若不是董嬤嬤向女主角求救，紀家就真的完了。

想到原主幹過的事情，再想想自己以後的下場，紀婉兒不自覺哆嗦了一下。算算時間，那個京城富商尚未出現，蕭清明的性子也還跟從前一樣……幸好幸好，影響她結局的事情還沒發生。

紀婉兒怦怦亂動的心跳慢慢緩和下來。

她已經在床上渾渾噩噩睡上幾日了，也沒能回到原來的世界，或許她是回不去了。如果注定要在這個時空生活，那她絕不會讓自己陷入進退兩難的境地。要是真過不下去了，就跟蕭清明和離，反正她本就不太糾結這種事。

雖她想不通自己為何會進入這個世界，但是事情既然已經發生，自己又無力改變，那就只能接受了。

「咕嚕……咕嚕……」

紀婉兒的注意力立刻被轉移了，她抬手摸了摸自己的肚子——天大地大，吃飯最大。她緩緩從床上坐了起來，隨即躺回被窩裡。

雖然已經是二月了，可天還是冷的。一坐起來，冷風就把她身上那一層裡衣吹透了，冷意滲進了骨頭裡。

紀婉兒伸手拿過放在床頭的衣裳，塞到被子裡暖了一會兒，在被窩裡穿上裡面那一層，這才重新坐起來，把外面那層穿上了。

穿好衣裳，紀婉兒打開了房門。瞧著外頭一望無際的田地，她不得不感慨，家裡是真的窮啊！

這院子不說院牆了，竟然連個籬笆都沒有，就是孤零零的四間茅草屋。東邊是書房，西邊是廚屋；中間是兩間房，正中間稍大的是堂屋，旁邊則是間廂房。

紀婉兒和蕭清明正是住在這間廂房裡，蕭清明的弟弟跟妹妹則是在堂屋西側用木頭與石頭搭了個底座，鋪上被褥，隨便睡在上面。

嘆了口氣，紀婉兒去井邊洗漱了。洗漱完畢，她去了廚屋。

此刻，蕭清明十歲的妹妹蕭雲霜和五歲的弟弟蕭子安正在廚屋裡做飯。蕭子安坐在灶臺前往鍋底蓄木柴，蕭雲霜則拿著刀在案板上切菜，兩個人說著話。

「姊，嫂子好幾天沒起了，可真好。」子安說道。雖然聲音壓得低，但能聽得出話語中的愉悅。

雲霜切菜的手頓了頓，道：「子安，你別這麼說。」

「可嫂子天天打我罵我，還不如以前在老宅，爺爺奶奶他們……」

「別說了。」雲霜打斷了弟弟的話。「咱們已經被老宅的人趕出來，以後跟那邊沒關係了。」

「那為啥不能跟哥哥說？讓哥哥管管嫂子啊。」

「你怎麼這麼不懂事？再過幾個月哥哥就要考試了，怎麼能拿這些事煩他？」說完，雲霜又道：「如今咱們吃的喝的都用嫂子的錢，你要懂得感恩。」

子安見姊姊生氣了，連忙說：「知道了，姊，我錯了。」

看著面前的案板，雲霜喃喃道：「等哥哥考中秀才就好了……」

啪嚓！

聽到這聲動靜，兩個孩子同時朝紀婉兒看了過來。

這兩個孩子……怎麼形容呢？

蕭雲霜已經十歲了，可看起來卻只有七、八歲的模樣。大大的眼睛往眼窩凹陷，臉上一點肉都沒有，瘦得只剩一把骨頭；蕭子安稍微好點，但是臉色蠟黃，一看就是長期營養不良。

至於身上的衣裳，上面不僅有補丁，也過度寬鬆，很不合身。明明他們長得不差，卻精氣神不足。

紀婉兒生活在一個富足的時代，雖然幼時也是在農村長大，卻從未見過誰家吃不飽飯的，這兩張臉，瞧著就讓人心疼。

看了剛剛被自己踩斷的一截木柴一眼，紀婉兒衝著兩個孩子露出善意的微笑，然而蕭雲霜和蕭子安在見到她時，內心可沒這麼平靜。

子安手一抖，木柴直接掉到地上；雲霜稍微好一些，她顫抖著把刀放在案板上，恭敬地說：「嫂子，飯馬上就做好了，您再等等。」
瞧著這兩人的表現，紀婉兒皺了皺眉。
一見她皺眉，子安嚇得從木墩子上站了起來，雲霜連忙側身走了半步，用瘦弱的身軀擋住弟弟，微顫著說：「嫂……嫂子，我們不是故意起遲的，明……明兒一定早些起來做飯。」
此刻，紀婉兒腦海中漸漸浮現出原主平日是如何對待他們兩個的。
原主不滿意這樁親事，自然看蕭家人也不順眼。尤其是分家之後，她把滿腔的怒火都發洩到了兩個孩子身上，使喚他們做飯、洗衣裳、做家務，稍有不順就要打罵。
唉，不僅把錢藏起來，在外頭誣衊蕭清明的名聲，已婚卻跟別的男子勾搭，還虐待人家的弟弟妹妹……紀婉兒覺得改變命運之路實在任重而道遠。
只見紀婉兒絲毫沒發脾氣，若無其事地說：「我來做飯吧。」
這個廚屋很簡單，兩口鍋，灶臺上有一些青菜和調料；一個籃子用白色的粗布蓋著，隱約能看出裡面有幾個饅頭；一側還有兩個袋子，一個裝了一點大米，一個則是麵粉。
蕭子安燒的那口鍋裡是清水。按照家裡的習慣，往清水裡倒一些下麵水，再放上一些菜葉、少許鹽，就是青菜湯；再把籃子裡的饅頭熱一熱，一頓早飯就做好了。
紀婉兒躺在床上這幾天，蕭雲霜就是端這樣的早飯過去給她。她當時渾渾噩噩的，提不起勁，只囫圇喝了幾口湯，又沈沈睡去。

如今她幾日沒吃飯了，兩個孩子又這麼瘦弱，更別說蕭清明還得讀書，天天吃這樣的早飯可不行，得做些有油水又營養的料理才好。

家裡就這麼點東西，這會兒出去買也來不及了，她能做的就是妥善利用這些食材。掃了幾眼後，紀婉兒已經在腦子裡想好做什麼吃食了，只是……她竟然沒在廚屋裡看到油。

「家裡沒油了嗎？」紀婉兒一邊找一邊問。

雲霜回過神來，看了紀婉兒一眼，見她是真的想找油，有些不解又有些猶豫地小聲說：「有。」

「啊，有油啊，那就好。」紀婉兒放心了。要是沒有油的話，做出來的食物味道肯定會大打折扣。

只是油在哪兒呢？廚屋就這麼小，怎麼沒看到……「在哪兒呢？」紀婉兒問。

雲霜抿了抿唇，抬手指了指外面道：「在廂房裡。」

廂房？油是做菜用的，放在廂房做什麼？紀婉兒正想開口說這句話，瞧著蕭雲霜的神色，她突然想到了書中的情節。

她記得原主每日都讓蕭雲霜和蕭子安做飯，但又怕他們貪吃多放油，就把值錢的油、糖、雞蛋都藏在自己房裡，有時候還會偷煮雞蛋吃。

雖然這些事情不是她做的，可看著面前孩子的眼神，紀婉兒心中還是升起一絲尷尬的情緒。

這些東西又不稀罕，有必要藏起來嗎？而且她一個大人，竟背著孩子偷吃東西……就算他們的輩分相同，她還是覺得很難為情。

早在分家第一日，蕭清明就把母親王氏留下來供他科考的銀鐲子和銀釵給了原主，價值大約十兩銀子，還變賣了一些王氏的嫁妝當作家用。

這段時間以來，原主根本就沒把自己的嫁妝給蕭家人花。除了待在老宅那一個月，被大房和三房的伯母與嬸娘忽悠著花了些嫁妝補貼老宅，分家之後她就沒再動過一文錢。原主把自己的嫁妝牢牢攥在手中，家裡的吃穿用度，其實都是花蕭清明母親王氏的嫁妝。

像他們這麼省，十兩銀子夠用好幾年了，然而才過了三個月，原主就跟蕭清明說花完了——這其實是謊言。接下來，原主日日在蕭清明耳邊說家裡都在花她的嫁妝，出門在外也是這麼講，這讓蕭清明的名聲變得愈來愈不好。

「雲霜，妳去我房裡把油和雞蛋都拿過來吧。」紀婉兒吩咐道。

雲霜眼睛微微睜大了，越發顯得那張臉蛋消瘦。

見她呆呆的樣子，紀婉兒抬手想摸摸她的頭髮安撫她，可一抬手，雲霜立刻瑟縮了一下，腦袋快要縮進脖子裡。

紀婉兒尷尬地縮回手，說道：「去吧，仔細些，別撒了。」
「嗯。」
雲霜臨走前看向弟弟，背著紀婉兒朝他使了個眼色，拉著他的手一起離開了廚屋。
紀婉兒無奈地笑了笑，這小姑娘是怕她會欺負子安嗎？
瞥了兩個孩子離開的背影一眼，紀婉兒從籃子裡拿出三個又冷又硬的饅頭，用刀把饅頭切成一片一片，切完後又拿出一個碗，裡面加入清水，又放了些鹽。
這時雲霜和子安一起回來了，他們一人手裡端著油，一人提著雞蛋。
雲霜盯著案板上那些饅頭片瞧，說道：「嫂子，還是我來做飯吧。」
嫂子已經嫁過來半年多了，一次飯也沒做過，這種切饅頭的方式真奇怪，她還是第一次見到呢。
雲霜覺得嫂子這幾日怪怪的，也不知道她到底想幹啥。以往她只要跟平日裡不一樣，準沒什麼好事……遭殃的還是她跟弟弟。
「不用，妳要是無事做，就把這口鍋燒熱吧，火小一點。」
「好。」
紀婉兒又拿出一個碗，朝碗裡打了兩個雞蛋。
雖然雞蛋還是生的，可聽著打蛋的聲音、瞧著蛋液的顏色，子安忍不住嚥了嚥口水。

紀婉兒轉頭看了他一眼，子安嚇得連忙蹲下，跟他姊雲霜靠在一起。

見他如此，紀婉兒臉上露出一個苦澀的笑。看來原主的威力很大啊，這兩個孩子是怕她怕到了骨子裡，也難怪後來蕭清明這麼恨她。

不過如今一切都不同了，會好起來的。

第二章　戰戰兢兢

鍋熱了，紀婉兒往裡面放了三勺油。勺子小，三勺油並不多，考慮到大家最近沒沾油水，她沒敢再多放，怕對身體負擔太大。

紀婉兒覺得少，雲霜和子安卻不這麼認為，兩人都直愣愣地看著她往裡面加油。他們平日炒菜都不放油的，最多嫂子心情好的時候能允許他們放一勺，就算是老宅那邊，炒菜也只放兩勺油。油金貴著呢，哪捨得放這麼多。

雖然他們知道油放多了，可卻沒提醒紀婉兒。兩勺油就很好吃了，三勺油得多香啊！兩個人再懂事也是孩子，不約而同地嚥了嚥口水。

紀婉兒先是把饅頭片放在鹽水裡泡了泡，接著又把沾濕的饅頭片放進蛋液裡蘸了蘸。油熱了之後，把裹滿了蛋液的饅頭片放進鍋裡，饅頭片一入鍋，雞蛋的香味就出來了。

雲霜已經記不得自己有多久沒聞過這麼香的味道了，一年、兩年……或者，是上輩子聞過的吧？

子安忍不住站了起來，眼睛直勾勾盯著鍋裡看。他真的好久沒吃雞蛋了，都快忘了那到底是啥滋味。

紀婉兒沒注意到兩個孩子的反應。她害怕煎糊了，一個饅頭片下鍋，又迅速放進第二個、第三個、第四個……鍋裡的饅頭片煎好了，她連忙盛出來，又放入新的饅頭片。

油還是放太少了——她一共切了三個大饅頭，到了第二個的時候鍋裡就沒多少油了，可現在再放也來不及了，只能湊合著煎。很快的，所有饅頭片都煎好了。

鍋很乾淨，紀婉兒又往裡面舀了一勺油。趁著這會兒工夫，她切了一些蔥花，油熱了進鍋爆香，再放入剛剛雲霜切好的青菜。菜炒得差不多時，她把另一口鍋燒好的熱水舀到這口鍋裡。

等添好水、蓋上鍋蓋，紀婉兒這才發現兩個孩子正盯著盤子裡的煎饅頭片看，眼中充滿了渴望。瞧著孩子的目光，紀婉兒難受極了。

「餓了吧，先吃一個。」紀婉兒用筷子挾起一個煎饅頭片遞給了子安。

子安的眼睛快要黏到煎饅頭片上了，卻堅定地搖了搖頭。紀婉兒不解，又把東西遞給了雲霜，卻見雲霜強迫自己把眼神從煎饅頭片上收回來，拒絕了。

孩子看起來確實很想吃，可又拒絕了……難道是不愛吃這種吃食？應該不可能，看他們那表情，應該是喜歡得很。

難道是蕭家有什麼規矩？想到蕭清明是讀書人，紀婉兒覺得大概是這樣沒錯，便沒再勉強。

因為加的是熱水，所以鍋裡的水很快就開了，水開之後紀婉兒往裡面加入下麵水。等水再次煮開，她就將打散的兩個雞蛋倒進去迅速攪開，最後加入調料，一鍋青菜蛋花湯就做好了。

兩個孩子的視線從煎饅頭片上移往青菜蛋花湯，心想：原來煮青菜湯能放油啊，原來湯裡也能加雞蛋啊……

雞蛋是非常寶貴的東西，一般家裡只有得寵的孩子和生孩子的婦人能吃，吃的時候也不會放到湯裡面。在老宅時，伯母跟嬸娘都是拿一個碗給堂兄弟他們沖一碗蛋花水喝的。

不知道這湯是什麼味道？子安已經數不清今早自己這是第幾次嚥口水了。

蕭氏夫妻是在子安不到一歲時發生意外死的，那時候他還不記事。沒了爹娘，他們三人的日子可想而知。

縱然有祖父母在，可祖父偏心大房，祖母偏心三房，對二房本就不重視，也就蕭清明在他們那裡還有些分量。可蕭清明當時年紀不大，還在鎮上的學堂讀書，顧不了弟弟。

子安沒享受過一天好日子，也沒嘗過啥美食。偶爾拿到大房跟三房吃剩的，他才能嘗嘗味道。

雲霜倒是吃過一些好的，畢竟當時蕭老二能幹，賺了不少錢，雖要上繳到公庫，但是自己偷偷留了不少。她幾年前喝過蛋花水，可那味道比起今日聞到的湯，差得遠了。

「好了，準備開飯。」紀婉兒道。

有蛋又有菜，這是他們姊弟倆來到這邊以後見過的最豐盛的一頓早飯。

盛好飯，端到堂屋，雲霜就去書房喊她哥了。

紀婉兒怕三個饅頭不夠吃，又把籃子裡的饅頭拿出來切成小塊，準備一會兒泡在湯裡吃——這種吃法她很喜歡。

自家蒸的饅頭比較有嚼勁，當饅頭冷掉了有些硬，拿去泡在蛋花湯裡時，那味道真是絕了。買的饅頭比較軟，沒這種效果，而且饅頭剛蒸出來味道也不一樣，得等硬了拿去泡才好吃。

切好後，紀婉兒收拾了一番，端著饅頭塊走出了廚屋。剛一出廚屋，她就看到了從書房裡出來的蕭清明。

蕭清明手不離卷，走路時還在看書，嘴裡念念有詞。遠遠看過去，他至少有一百八十公分以上，即便身著寬大的衣衫，依舊能看出身材不錯。體型是略微消瘦了些，但寬肩窄腰，比例極好。

或許是她的目光過於灼熱，蕭清明看了過來——眉如遠山，眸若星辰，鼻梁高挺，薄唇緊抿，恍若從畫裡走出來的陌上少年郎。

怎麼沒人告訴她蕭清明長這麼好看！書裡只說他陰狠，睚眥必報，處處跟女主角作對，可沒說過他的長相啊！這哪裡是病態又狠毒的男人，分明是一個溫潤如玉的謙謙佳公子，讓人心生好感。

為了避開原主的結局，紀婉兒衝著蕭清明笑了笑。

不料，她剛剛扯了扯嘴角，蕭清明就像是沒看到她似的，又低頭看起手中的書，轉眼間就進了堂屋，消失在她的視野中。

紀婉兒的笑僵在了臉上——這對夫妻的關係還真是差啊。

「嫂子，還需要拿什麼東西嗎？」雲霜從堂屋出來了。

「不用了，走，吃飯去。」紀婉兒重新揚起笑容。

罷了罷了，不理她就不理她吧，不理她總比像書中那樣對付她強得多，這男人她可惹不起。

在外頭耽擱了這一會兒，紀婉兒以為他們已經開始吃飯了，沒想到子安沒吃，蕭清明也沒吃。

子安沒吃她可以理解，畢竟這孩子畏懼原主，可能不敢吃；然而蕭清明並不理會原主，為何也沒吃？他可是一家之主啊……莫非是看書看到入迷，忘了吃飯？

正想著是不是這個原因，紀婉兒就見蕭清明拿起筷子開始用飯。

這是在等她？從這個小細節來看，蕭清明可真守禮，明明兩個人的關係很差，他卻還是在弟弟妹妹面前給她面子。

紀婉兒算是鬆了一口氣，剛才因為被蕭清明忽視而產生的忐忑也漸漸散去了。她不怕對方不管她，就怕對方如書中一般已經恨她恨到了骨子裡，那樣想讓蕭清明對她改觀得費許多工夫。其實只要講理就好，這樣相處起來就不會太困難，對於在這裡的生活，她不禁多了幾分期待。

蕭清明動筷子了，雲霜和子安可沒動，眼睛一直盯著她看，紀婉兒便道：「吃飯吧。」

等她動了筷子，兩個孩子的筷子才一起伸向煎饅頭片。

方才紀婉兒做飯時，子安就眼饞這道菜了，這會兒終於進了嘴巴，味道……竟然比想像中還好，他分明親眼看到那個壞女人切的是他平常吃的饅頭。

那種饅頭又冷又硬，有時候還有些酸。可經過她的處理，饅頭變得鬆鬆軟軟的，口感好極了，上面還泛著油光，吃進嘴裡滿口鹹香，而且雞蛋味濃郁，香得他差點咬到舌頭。

怎會有這麼好吃的東西，比他在老宅過年時吃過的肉還香……一口又一口，子安吃的速度極快。

紀婉兒瞧他把嘴巴塞得滿滿的，臉憋得有些紅，連忙拍了拍他的背，端起桌子上的湯遞到他嘴邊。「慢些吃，還有很多，別噎著了。」

子安本是家裡最怕紀婉兒的人，這會兒腦子都被好吃的占滿了。他想開口說話，無奈嘴裡饅頭太多，說不出來，連忙就著紀婉兒的手喝了一口湯。

「真好吃！我長這麼大，從來沒吃過這麼好吃的東西。」喝完湯，子安讚道。

瞧著子安閃亮的雙眸，還有嘴唇上的油光，紀婉兒眼睛有些酸澀。

這是個五歲的娃娃啊，油煎雞蛋饅頭片這麼簡單的吃食卻從沒吃過，日子過得該有多苦！

「你若是想吃，以後嫂子天天做給你吃。」紀婉兒說道。

「湯也好好喝……」子安盯著面前的湯說道。原來這就是蛋花湯的味道，真香。

紀婉兒又餵了他一口，喝了兩口湯之後，子安終於清醒了一些，意識到自己做了什麼，他頓時收斂了些，不敢再看紀婉兒，只低頭猛吃東西。

見他如此，紀婉兒沒說什麼，轉頭看向雲霜。

她還沒開口問，雲霜就嚥下嘴裡的饅頭道：「嫂子，很好吃。」

紀婉兒笑著點了點頭，又為她挾了一片。

雲霜下意識舔了舔嘴唇說：「不……不用了，嫂子，我吃飽了，剩下的你們吃吧。」

「還多著呢，妳吃就是了。」紀婉兒道。

雲霜猶豫了片刻，就挾起煎饅頭片放回盤子裡，堅定地說：「不用了。嫂子你們吃吧，我胃不好，吃這麼油的東西難受，我吃些饅頭塊就行。您做飯辛苦了，哥哥要讀書，弟弟還在長身體，你們多吃點。」

這可真是個讓人心疼的小姑娘，怪不得全家就她最瘦弱！她再懂事，也只是個十歲的小姑娘，紀婉兒又怎會看不出她這是捨不得吃，想讓給哥哥跟弟弟吃。也不知道她小小年紀承受了多少，才能說出這樣一番話。

莫說她如今是她的小姑，即便是個陌生人，也得讓孩子吃飽飯。紀婉兒重新挾起煎饅頭片，放到了雲霜的碗裡。「讓妳吃妳就吃，要是吃了胃不舒服，我就給妳請大夫看看。」

這霸道的話一出，倒是跟原主平日的表現相差無幾了。

子安剛對紀婉兒產生了一些好感，這會兒又消失不見了。他同情地看著姊姊，想為她說些什麼，又怕紀婉兒打他，沒敢說出口，只悄悄地瞄向坐在他對面的兄長。

蕭清明也看向紀婉兒，神色莫辨。

雲霜盯著碗裡的煎饅頭片，對著紀婉兒小聲道：「謝謝嫂子。」聲音裡有一絲不易察覺的哽咽。

蕭清明看了看紀婉兒，又瞧了瞧自家妹妹，便繼續吃飯了。

子安見兄長還是跟從前一樣萬事不理，失望地吃起煎饅頭片。過了一會兒，他見姊姊不僅沒難受，還挺開心的，便鬆了一口氣。

雲霜吃了兩個煎饅頭片後，喝了一口湯。湯入口之後，她眼前一亮，又嘗了一口。「嫂子，您做的這湯真好喝。」

她話本就不多，跟紀婉兒之間又不太親近，按理說，飯做得再好吃，她也不會開口。在老宅時她便是如此，飯桌上只要沒人問她，她一個字都不會多說，存在感極低。不過這是嫂子第一次做飯，還做得這麼好吃，她得討好她才行。

紀婉兒不知雲霜心中所想，聽別人讚美她，她挺高興的。「鍋裡還有不少呢，喝完再去盛。」

雲霜笑著點了點頭，覺得自家嫂子今日真是親切。

其實她原本就覺嫂子不壞，畢竟她拿出自己的嫁妝給家裡花。雖然嫂子有時會打罵他們，但大夥兒畢竟是一家人，這是哥哥的娘子，得尊敬她才是。

雲霜不知道的是，原主根本沒拿嫁妝出來補貼，那全是胡謅的。

「姊，這跟虎子哥喝的蛋花水相比，哪個更好喝？」子安好奇地問道。

子安口中的虎子哥，就是蕭老三家的小兒子。在老宅時，虎子哥常常背著他們喝蛋花水，可寶貝了，一口都沒給他喝過。他從前就聽姊姊說蛋花水好喝，等以後哥哥考中秀才他們就能喝了，也不知道蛋花水是不是跟這個蛋花湯一樣好喝。

「自然是這個更好喝。」雲霜道：「蛋花水有一股腥味，這個完全沒有，還很鮮。」說完，又補充了一句。「我就沒喝過比嫂子燒得更好喝的湯。」

前面那幾句紀婉兒還覺得挺有道理的，後面這句就多少有些誇張了。看著小姑娘閃爍的眼神，紀婉兒非但沒戳破她的心思，反倒是更心疼她了。

這不過是個失去了親生爹娘，想在旁人手下討生活的可憐孩子罷了。

「真的？」子安很是驚喜，看了看碗裡的湯道：「這也是我喝過最好喝的湯。」

紀婉兒心想，這話倒是多了幾分真情實意。

這兩個孩子這麼好又這麼可憐？不知道老宅那邊的人怎麼那麼狠心把他們趕出來，也不知道原主怎麼下得了狠手的。

「以後嫂子給你們做更好喝的湯。」她說道。

孩子再懂事也是孩子，很好哄，不管之前原主怎麼狠心，只要她拿出真心應對，他們就容易改觀。這一頓飯下來，孩子對她的警惕心就少了些。

只不過，孩子好哄，大人就沒這麼好糊弄了。孩子能直覺體會到對方的好意，大人卻傾向用理性思考。

想到這裡，紀婉兒悄悄看向坐在她身側的蕭清明。

蕭清明依舊在看書，一邊看一邊點頭或是擰眉，偶爾吃一口煎饅頭片或喝一口湯。至於他們剛剛在飯桌上說的那些話，像是跟他沒有任何關係一般。

紀婉兒雖然想緩和跟蕭清明之間的情況，但也不會放低姿態討好他。按照他剛剛的表現，想必只要她不做那些出格的事，等熬過了那個時間點，再看好蕭子安，想必蕭清明不會對她怎麼樣。

很快的，蕭清明吃完飯離開堂屋，去了書房。在紀婉兒的記憶中，蕭清明一向如此，他很是用功，其他的事情都甚少過問。

為此原主可沒少跟蕭清明吵架，她嫌他沒本事、怨他不幹活、怪他不賺錢。可蕭清明耐得住性子，幾乎不跟原主吵，每回都像是沒聽到一般。

雲霜是個懂事的孩子，家裡的活都由她跟弟弟默默做了。吃過飯，雲霜和子安就開始收拾桌子，紀婉兒也沒阻止他們，而是一起整理。

做完這些事情，紀婉兒圍著院子轉了轉。

這幾間茅草屋位於村尾，院子前是田地，後面是一座山。雖然天氣還有些冷，但山上已經有了些綠意，給人新生的希望。

既來之，則安之。她都來到這裡了，得先好好生存下去。

第三章　受寵若驚

按照書中的情節，蕭清明很快就能中秀才，接下來中舉，再考中狀元，算下來也就一、兩年的時間。

這屋子雖然破破爛爛的，但既然能堅持十來年，估摸著再撐一段時間沒問題。只不過，屋頂漏雨，還是得弄些茅草蓋上；院子連圍牆都沒有，看起來一點都不像個家。

紀婉兒倒是不怕別人來家裡偷東西，畢竟他們窮是眾所周知的，分家也沒分到啥。況且，院牆這種東西防君子不防小人，真想偷，院牆根本擋不住。不過，她覺得好歹得弄些籬笆圍上，再裝道門，這才像樣。

走到屋後時，看到了一小片竹林。「這竹子是誰種的？」紀婉兒問跟在她身後的雲霜。

雲霜搖了搖頭道：「多半是自己長出來的，山上有很多。」

紀婉兒若有所思地點點頭，又問：「妳可知老宅那邊分給咱們的這個院子有多大？」

這個雲霜倒是知道。分家那日，兄長在讀書，嫂子在老宅鬧，她跟著去看過，便答道：「爺爺說西邊到二堂叔家門口那棵樹，東邊到一旁的地，南邊到前面的小路，北邊的話到這座山。」

聽了雲霜的話，紀婉兒放心了。這院子雖然破爛不堪，倒是還不小，這樣說來，這些竹子也屬於他們了。

說做就做，紀婉兒去柴房拿了柴刀，開始砍竹子。

往常，吃過飯雲霜和子安就待在屋裡，並不亂跑，今日也是如此。見雲霜皺著眉從屋後竹林回來，子安好奇地問：「嫂子又出去了？」

嫂子常常跟哥哥吵架，在家時不是睡覺就是讓他們姊弟倆去幹活，不過大部分時間嫂子不會在家，她喜歡出去逛，這會兒沒聽到她的聲音，子安便以為她又出門了。

雲霜搖了搖頭，把紀婉兒剛剛說的話告訴了他。

子安小小的腦袋裡有大大的疑惑，嫂子竟然要去砍竹子做籬笆？她不是最討厭這裡，恨不得不回家嗎？

「姊，我怎覺得今日嫂子跟變了個人似的，不但沒罵我，還給咱們做好吃的。」

雲霜也有同樣的感受，嫂子今日……比以往溫和許多，這跟她之前也太不像了。

其實，她躺著的那幾日，就跟從前很不同了。她做的飯，嫂子一句都沒嫌棄，也沒訓斥她，全都吃完了，也不知到底是怎麼回事。難道是因為生了一場病，整個人都變了？

「是不是就像村口那個神婆說的，被鬼附了身？」子安歪著頭問。

雲霜嚇了一跳，瞪了弟弟一眼，壓低聲音訓斥他。「這種話怎麼能亂說，還要不要命了？」

子安噘了噘嘴，小聲說：「這鬼肯定是個好鬼，我倒希望她一直附在嫂子身上……」

雲霜連忙捂住弟弟的嘴道：「這些話要爛在肚子裡，誰都不能說，聽到了嗎？」

子安有些怕了，連忙點頭。他又不傻，肯定不會亂說的，就怕自己說了之後，這個好鬼就被趕走，惡鬼又回來了。

過了許久，見紀婉兒還沒回來，雲霜開始有些不安，提議道：「子安，咱們去後面竹林看看吧，瞧瞧嫂子要不要幫忙。」

這個提議被子安拒絕了。「姊，我不去。」

嫂子給他留下的內心陰影太大了，即便是她剛才待他很好，現在冷靜下來，他也只想遠離她。

「還是去吧，萬一一會兒嫂子見咱們沒去幫忙，生氣了怎麼辦？」雲霜道。

這種事也不是沒發生過，任何理由都能成為嫂子訓斥他們的由頭。

子安猶豫起來，說道：「嫂子又不愛幹活，說不定她早就去外頭玩了。」

也不是沒這種可能……雲霜想了想，道：「要不過去看看，如果嫂子不在，咱們就回來。」

迫於自家嫂子長期累積下來的「威嚴」，子安還是同意了。

出門前，雲霜為子安整理衣服，扣子也扣好了。外頭冷，她生怕弟弟染上風寒。

紀婉兒不知道這姊弟倆在背後這麼議論她，此刻她正在跟竹子「戰鬥」。理想很豐滿，現實很骨感，她已經在心裡描繪出院子四周圍滿籬笆的樣子，可竹子卻不聽話，沒那麼好砍。

她力氣小，又不得要領，砍了一個時辰，歇一會兒、做一會兒，這才砍倒不到十根。好在她摸索出了法子，估摸著下次砍的時候能快一些。不過這件事也不急，慢慢來就好了。

等到胳膊有些痠，紀婉兒就不再砍了，她開始處理這些竹子。竹子上面有很多枝條，她用刀刮掉了。

此時雲霜和子安過來了，她站在前面，子安躲在後面。「嫂子，我跟弟弟幫您弄吧。」

紀婉兒沒有使喚小孩子的習慣，這些活又不急，她一個人做幾天就搞定了。「不用了，我自己來就行。」

自從父母都去世後，雲霜在老宅一直被當丫鬟使喚，後來又被紀婉兒當傭人，到現在過了五、六年，她早已習慣了。

雖然紀婉兒拒絕，雲霜還是蹲下來，默默扯下竹子上的枝條。子安見姊姊這般，也跟著做了起來。

這活不重，她一個人在屋後也挺無聊的，紀婉兒看了看他們，沒再說什麼。

既然他倆弄竹枝，那她就砍竹子。做籬笆的話，竹子不需要太長，兩公尺左右就差不多了。

紀婉兒開始鋸竹子，因操作不夠熟練，速度慢得很，雲霜時不時就看過來，過了一會兒，她終於忍不住來幫忙了。

起初紀婉兒有些懷疑雲霜到底會不會鋸，可看著她那老練的動作，她不禁目瞪口呆。紀婉兒沒讓雲霜一直做下去，她跟著雲霜學會怎麼做之後，就沒再讓她鋸了。這孩子如此瘦弱，她不忍心。

鋸竹子累得很，瞧著快到午時，紀婉兒不做了。這身體好多天沒正經吃過一頓飯，剛剛又幹了活，有些餓了乏了。至於吃什麼飯……她看了看腳下的竹子。

「中午咱們吃竹筒飯吧？」紀婉兒笑著對雲霜和子安說道。

她聞了一個時辰的竹子清香，早就想吃竹筒飯了。前世她都是吃在外頭買的，現在能親手做一回了。

竹筒飯？那是啥？姊弟兩人眼中流露出疑惑的神情。

紀婉兒重新鋸起竹子，鋸了五段長約二十公分的竹筒，又拿起剛剛砍竹子的那把刀，對半劈開竹筒，除掉上面的毛刺，清了一下竹筒內部，隨後抱著竹筒去了井邊。雲霜看出紀婉兒的用意，跟她一塊兒洗起了竹筒。

竹筒清理好之後，紀婉兒開始準備食材——家裡沒有糯米，只能用普通的大米；臘肉或臘腸那些也沒有，思來想去，只能做成甜的了。

紀婉兒從她房裡取出從娘家拿來的紅棗和葡萄乾，清洗乾淨後，和大米一起放進了竹筒。材料攪拌均勻後，蓋上另一半竹筒，兩側用葉子包上，再拿布條繫緊。鍋裡添水，放入竹箅子，再把五個竹筒飯放在竹箅子上，蓋好鍋蓋去蒸。

雲霜和子安看得目瞪口呆，他們第一次知道原來飯還可以這樣做。

「嫂子，您做的吃食可真新奇。」子安忍不住說道。

雲霜一雙眼睛也緊緊地盯著紀婉兒。

「小時候我跟爹娘在京城生活過幾年，見過不少新鮮的做法。」紀婉兒臉不紅氣不喘地撒謊。

這也是她現在為何毫不遮掩地在蕭家人面前做料理的原因。一來原主沒在這個家燒過飯，二來她的確在京城生活過六年，她娘又曾在富貴人家伺候，會做這些也就說得通了。

兩個孩子的神情頓時恍然大悟。哥哥成親前，爺爺奶奶他們就說了，嫂子很厲害，是在大地方生活過的人，跟他們不一樣……

「嫂子，我燒火吧。」雲霜道。

「不用，你倆歇著吧。」紀婉兒再次拒絕了她。這點活簡單得很，她比這兩個孩子大上許多，可沒這麼心安理得地使喚他們。

她見雲霜和子安時不時盯著葡萄乾看，便順手給他們一人抓了一把，讓兩個孩子受寵若驚。

「這……這是葡萄乾嗎？」子安好奇地問。

「嫂子，這東西太貴重了，您還是自己留著吧。」雲霜道。

老宅那邊雖說比他們過得好，但是也沒好到哪裡去，比起紀家差遠了。葡萄乾他們也就在老宅見過一回，是叔叔去縣城買回來的，也沒分到他們手裡。他們只聽伯伯和叔叔家的堂兄弟姊妹說過好吃，卻不知到底是啥味道。

「吃吧，這不是還有許多嗎？」紀婉兒道。不論是紅棗還是葡萄乾，都是她娘董嬤嬤給的，她對這個女兒真是好得沒話說。

他倆畢竟是小孩子，再害怕紀婉兒，還是忍不住嘗了嘗葡萄乾的味道。

「酸酸甜甜的，比糖還好吃。」子安道。

雲霜默默點了點頭。在吃了幾顆之後，她把手裡剩下的葡萄乾放到了弟弟手中。

紀婉兒看到了，卻沒說什麼。有些習慣，不是一時半刻改得了的。

過了沒多久，竹筒飯的香味飄了出來，既有竹子的清香，又混合了米飯和紅棗的味道。

「好香啊……」雖然嘴裡吃著葡萄乾，子安還是忍不住嚥了嚥口水。剛剛嫂子往裡面放了大米、紅棗、葡萄乾……肯定很好吃吧？他的眼睛牢牢盯著鍋裡。

別說子安，紀婉兒聞到這個味道也餓了，肚子不給面子地叫了起來，好在被柴火燃燒跟水煮沸的聲音蓋了過去，這才沒讓兩個孩子聽到。

約莫過了半個時辰，竹筒飯差不多要好了。紀婉兒沒續柴火，等鍋底的火星子快沒了的時候，她就掀開鍋蓋，一打開，濃郁的香味瞬間飄散在空氣中。

紀婉兒從一旁拿來夾子，小心翼翼地把竹筒飯從竹箅子上挾起來，放到一旁的盤子上。稍微沒那麼燙之後，她打開了其中一個竹筒。

雲霜和子安目不轉睛地盯著她的動作，還有那香氣四溢的竹筒飯。

紀婉兒第一次親手做竹筒飯，她怕掌握不好火候，便先拿著筷子嘗了嘗。

好香……這是紀婉兒第一個反應；熟了……這是嚼過米飯之後的想法。

竹筒飯吃起來跟聞起來的味道一樣好。米飯混雜著濃郁的竹子清香，除此之外還有紅棗的清甜味以及葡萄乾的酸甜。

竟然比買的還要好吃！大概是因為她今天用的是新鮮的竹子吧？紀婉兒對自己做的竹筒飯非常滿意。「雲霜，叫妳哥哥吃飯吧。」

雲霜的視線從竹筒飯上轉移，看向紀婉兒道：「可是哥哥中午不吃飯。」

紀婉兒微怔道：「啊？不吃飯？」原主對蕭清明不怎麼關注，以至於她對這件事一點印象都沒有。

「嗯，之前咱們也是吃兩頓的。」雲霜解釋。

這個紀婉兒倒是記得，興許是因為窮，這邊的人都吃兩頓飯。早上那頓吃得晚，後半晌再吃一頓。

原主是從京城來的，在紀家就習慣一天吃三頓飯，分家之後來這邊也維持這個習慣，不過這個家就只有她這樣。中午那頓她不是在外面吃，就是在房裡吃，並沒有管過其他人。

紀婉兒看著面前的竹筒飯，思索了片刻，道：「這樣吧，妳把竹筒飯給妳哥哥送到書房去。」

蕭清明嗜書如命，連吃飯的時候也要看書，怕是不想因為吃飯而耽擱時間吧？正好，反正她也不想面對他。

「好。」雲霜應道。

過了沒多久，雲霜回來了。紀婉兒三人沒進堂屋，而是一人抱著一個竹筒坐在廚屋吃了起來。

小孩子本就喜歡甜食，紀婉兒這個甜味竹筒飯很對他們的胃口，而且他們也很久沒吃過白米飯了。

白米飯真香，用那隨處可見的竹子蒸過的白米飯更香；紅棗和葡萄乾真好吃，原來它們放進白米飯的味道是這樣的……

一開始兩個孩子還偶爾說句話，後來他們只顧著吃，沒講話了。

紀婉兒吃得慢，才一抬頭，她就發現兩個孩子已經吃完了，而且竹筒乾乾淨淨的，裡面一粒米飯都沒有。

「吃飽了嗎？」紀婉兒問。

子安沒說話，看向雲霜，只見雲霜抿了抿唇，點頭道：「飽了，我去洗吧。」

紀婉兒還有什麼不明白的，她看了看剩下的那個竹筒，打開遞給了雲霜。

「嫂子，我……」雲霜不肯接過去。

「快吃吧，一人一半。」說完，紀婉兒提醒道：「別讓弟弟吃太多喔，他還小，這些吃太多對胃不好。」

雲霜假裝沒看到子安眼中的渴望，狠下心說：「您跟哥哥吃吧，我和弟弟吃飽了。」

這孩子真是可憐，小小年紀就承受自己不該背負的東西。

「讓你們吃就吃！妳跟子安還在長身體，多吃些；我跟妳哥哥都大了，不用吃那麼多。」

兩個人畢竟是小孩子，在紀婉兒的勸說下，便小口小口繼續吃了起來。

此刻的書房中，看著眼前被吃得乾乾淨淨的竹筒飯，蕭清明難得陷入了沈思。

他向來不是有濃厚口腹之慾的人，在他眼中讀書是第一位，其他事情都無法引起他的興趣，可今日卻屢屢被這些吃食吸引。

……對了，那個女人向來不喜他讀書，難不成，是想換個法子干擾他？

雖說紀家被趕出了京城，下場有些慘，可這是跟京城那邊的人比的，他們家跟村裡人相較，生活水準算是中上。原主在家可沒怎麼幹過活，來到蕭家之後就更不用說了。

紀婉兒前幾日一直躺床上，今日幹了些活就覺得累了，吃過飯便回房歇著。

後半晌，紀婉兒又去砍竹子了。隨後跟上午一樣，將一根根竹子砍成幾段，最後從中間對半劈開。

看著擺在地上的竹片，紀婉兒非常有成就感。她轉頭看了一直跟在她身邊默默幹活的雲霜一眼，問道：「晚上想吃什麼？」

雲霜沒料到她會問這個問題，大大的眼睛裡流露出疑惑。吃什麼？從未有人過問她的意見，大人做什麼，她就吃什麼。

「想吃什麼？」紀婉兒又問了一遍。

「吃啥都行，嫂子做啥，我就吃啥。」雲霜道。別說表達想法了，只要能吃飽，她就很滿足了。

紀婉兒盯著雲霜一會兒，瞧見她眼裡的真誠，便知道自己問不出什麼了。

「行，那咱們晚上吃菜餅吧。」紀婉兒望向院子角落那一片長得旺盛的馬齒莧。

她今日忙著弄籬笆的事情，忘記出去買菜了，好在這裡是鄉下，野菜多，隨處可見。她好久沒吃過野菜了，還怪想嘗嘗的。

「好。」雲霜應道。

第四章 各懷心思

紀婉兒心想，穿到這個炮灰角色身上，也不是完全沒有好處的。

雖說一家之主是蕭清明，可是他那個人啊，說好聽點是「兩耳不聞窗外事，一心只讀聖賢書」；說難聽點，就是個書呆子。他只知道把自己的家底交給媳婦兒，其他事一點都不沾。

在這個家，她是可以作主的。例如想砍竹子就砍竹子、想做籬笆就做籬笆；想吃什麼就做什麼、想什麼時候吃就什麼吃、想吃幾頓吃幾頓，不用處處受制。

和雲霜一起摘了些鮮嫩的馬齒莧，兩人便去了廚屋。雲霜淘米、煮米湯，紀婉兒則去洗馬齒莧。

馬齒莧清洗乾淨後，用刀切碎再放入碗中，接著紀婉兒往裡面加了一些麵粉、雞蛋、水，又摻入鹽和麻油，然後把這些東西攪拌成糊狀。

雲霜看著紀婉兒加雞蛋時，內心震驚不已。今天早上吃到蛋時，她就覺得像是在過年了，沒想到晚上還能嘗到。這樣做出來的餅肯定比只放麵粉的好吃吧……她不禁嚥了嚥口水。

「火小一些，別太大了，容易煎糊。」紀婉兒見雲霜走神，不停往鍋底添柴火，細心地提醒了一句。

現在另一個鍋正在煮米湯，兩個鍋緊緊挨著，紀婉兒一個人就能看顧過來，不難發現雲霜的失誤。

雲霜打了個冷顫，趕緊回過神，把還沒放到鍋底的柴火拿了出來，不住道歉。「嫂子，對不起，我錯了，我下回再也不敢了。」

紀婉兒看了她一眼，笑著說：「沒事。」

雲霜鬆了一口氣，連忙垂下頭認真燒火了。

鍋熱了後，紀婉兒往裡面加了一勺油。油熱後倒入麵糊，攤成餅狀，等餅差不多定型後就翻面，另一面煎得差不多了再翻過來。

餅裡面有雞蛋，香氣很快就溢了出來，混合著馬齒莧的味道，特別誘人。因為餅攤得比較薄，很快就熟了，等到煎得兩面金黃，紀婉兒便盛了出來。

第一個餅下鍋時，紀婉兒就把第一塊餅切成幾塊，她拿起一塊撕成兩半，一半遞給了雲霜。雲霜不肯吃，紀婉兒就直接塞進了她的嘴巴裡，隨後把另一半放入自己口中。

「味道怎麼樣？」紀婉兒邊嚼邊問。

雲霜嚼了幾口，點頭道：「很香，很好吃。」

紀婉兒覺得自己實在不該問雲霜這個問題。這小姑娘活得太小心翼翼了，又怎敢當著面說她做得不好吃呢？即便真的不好吃，她也不敢說的。

紀婉兒細細嚼了嚼——嗯，味道還行，鹹淡適中。不過調料還是太少了，只有鹽，不如她前世做的好吃。

「差點意思，調料放少了，只有鹹味。」紀婉兒評價道。

雲霜嚥下嘴裡的餅，唇齒間還留著雞蛋和馬齒莧混合的香氣。

她雖然一直想討好紀婉兒，也不敢反駁她，但是聽到紀婉兒說餅不夠好吃的時候，還是沒忍住回了一句。「很香，比伯母做得好吃多了。」

不再是空洞的誇讚，這話紀婉兒愛聽。「哪裡香啊？」她笑著問。

雲霜想了想，認真地答道：「伯母不放雞蛋，嫂子放了雞蛋，油也比伯母放得多。」

這倒是實在話，多放些油就是香，雞蛋就更不必說了。雲霜這些年很少能吃上雞蛋，自然覺得美味得很。

「嗯，以後咱們做飯多放點油。」紀婉兒笑著說。

「不……不用了。」雲霜道：「嫂子不用這麼破費，您手藝好，不放油和雞蛋也好吃。」

對於動用紀婉兒嫁妝這件事情，雲霜頗為在意，而且她已經節儉慣了，不敢奢望些什麼。

「那妳一會兒多吃些。」

「我中午吃得很多，沒特別餓，嫂子可以少做些。」

紀婉兒想也不想，直接忽略了雲霜這幾句話。

做完餅，旁邊的米湯也熬好了。按照紀婉兒的習慣，還得炒兩個菜才行，只可惜家裡沒其他材料，巧婦難為無米之炊啊。

不過，即便是這般簡陋的晚飯，對於蕭家來說也很豐盛。當然了，蕭清明這人是沒什麼反應的，雲霜和子安倒是吃了不少。

子安原本不愛吃馬齒莧，然而味道實在太好，他忍不住吃了，還讚道：「好香啊，比伯母做得好吃多了，她做的都有一股怪味。」

看來蕭家那位伯母廚藝不怎麼樣啊，兩個孩子都提到了這一點。

紀婉兒沒注意到的是，一邊吃飯一邊看書的蕭清明亦默默點了點頭。

其實紀婉兒自己也覺得這頓飯做得很好，不過她認為最棒的是米湯。用地鍋熬出來的米湯太香了，比她前世在家裡熬的好喝得多。

米湯的顏色有些泛黃，靜置了一會兒後上面漂著一層米油，湯又香又濃，米也軟爛，她喝了兩碗，肚子撐得鼓鼓的。

紀婉兒煎了不少餅，本以為可能會吃不完，沒想到最後吃了個底朝天，一點都沒剩。對於辛苦做了一頓飯的人而言，看見大家把自己做的飯菜都吃光，是一種難以言喻的快樂。

這個時代晚上沒有什麼娛樂節目，尤其是身處鄉下。大夥兒家裡窮，買不起蠟燭和油燈，天色一黑，整個蕭家村都籠罩在黑暗之中，只能看到兩、三處零星的火光，也沒人串門子，家家戶戶很早便歇下。

蕭清明家雖然也窮，不過因為他要讀書，油燈是省不得的，此刻書房裡透出溫暖的亮光，說明他正在用功。紀婉兒的嫁妝中是有蠟燭，但她用不著，所以總是放著沒動，雲霜和子安也老早就躺床上去了。

這個季節，白天還不覺得，晚上在屋裡坐了一會兒就覺得冷了。紀婉兒洗漱之後擦了擦身子就縮到被窩去了，可過了約莫兩刻鐘，她依舊覺得冷。

想到白日好像在櫃子上看到了一床被子，紀婉兒在被窩裡披上衣服，哆哆嗦嗦地下床迅速拿過那床被子，往身上一蓋之後，終於不冷了。

此刻一片漆黑，除了偶爾吹過的北風颳得屋後的竹林嘩啦啦作響，沒有一絲動靜，而這風聲也讓四周顯得更加寂靜。

雖說是農村出身，可在大城市生活了多年，紀婉兒已經習慣了喧鬧嘈雜的環境，如今面臨這種萬籟俱寂的情況，反倒有些難以入眠。

紀婉兒閉上眼睛，開始思考以後要怎麼讓生活好轉。首先要修葺院子，然後還得再想辦法賺些錢……

她本來不睏的，可不知為何，想了這些事沒多久，就漸漸睡著了。

堂屋的一角，雲霜和子安還醒著。

「嗝！」

子安打了個飽嗝，聽到這個聲音，雲霜也動了動。

「姊，妳睡著了嗎？」

「還沒。」

「姊，我晚上可能吃太多了，睡不著。」說著，子安摸了摸鼓起來的肚皮。

雲霜雖然沒說什麼，但也把手伸向了自己的肚子。不光是弟弟，她今日也放肆了些，吃了很多東西。

她本該勸勸弟弟，讓他少吃一點，卻怎麼也說不出口。弟弟從小就沒吃過好吃東西，這幾年甚至很少能吃飽，況且今日的飯實在是太好吃了，沒能忍住也正常。

嫂子那個人是什麼性子，他們都知曉。就算她今日對他們這般好，也不代表以後仍舊會這樣。在能吃飽的情況下，他們得好好珍惜機會，也許錯過這次就沒下次，以後又要餓肚子了。

「嫂子做的飯真好吃。」子安道。他自己還沒察覺到，僅僅一日，他對紀婉兒的態度就跟之前不太一樣了。

「確實很好吃，很香。」雲霜說道。

隨後，兩個人聊起了今天吃過的飯菜，愈聊愈開心。

「今天跟過年似的。」子安不自覺地舔了舔嘴唇。雖然他還有些撐，可想起那些好吃的，還是會饞。

不過這話剛說完，他又否定了。「不對，比過年還好。過年雖然有很多好吃的，可伯母跟嬸娘從來不讓我吃，我只能看，今日我可是結結實實吃到了。」

「就像作夢一樣。」雲霜喃喃道。

「是啊，像夢。」子安附和道：「一個美夢。」

說著說著，兩個人漸漸睏了，迷迷糊糊地睡了過去。

月上中天，蕭清明從書房出來，回到了廂房。

摸著黑，他熟練地從一旁拿過草蓆鋪在地上，又去櫃子上拿被褥，結果他很快就發現褥子還在那裡，被子卻不見了。

蕭清明皺了皺眉。他記得很清楚，一早起來他就把被子放在這裡，怎麼會不見？不是他，那就只能是——

瞄向躺在床上睡覺的人，蕭清明立刻明白了。他的被子竟然蓋在了那女人身上。

家裡一共兩床厚被子，新的那床被她挑走了，他那一床是舊的。他向來不在意這些，就隨她去，可如今她竟然連舊的也拿走了。

蕭清明站在床邊，盯著紀婉兒看了許久。

瞧著她熟睡的模樣，蕭清明終究還是沒狠下心拿走她身上的被子。轉過身，他去衣櫃裡拿了一床薄被子，躺在地上，和衣而眠。

因為前一晚睡得早，第二日清晨，稍微有一點動靜，紀婉兒就醒了過來。

她有些疲倦地睜開眼睛，看到坐在地上不知在想什麼的蕭清明，頓時清醒過來。「你怎麼掉地上去了？」

聽到這話，蕭清明側頭看向了紀婉兒。

見蕭清明冷著臉，紀婉兒心頭一驚。她本來還想著是不是這個書呆子自己掉下去的，可看著他的眼神，又覺得不像。

想到自己睡覺一向翻來覆去，而且昨晚她原本在裡側貼著牆睡的，這會兒卻已經到了床邊……

「難不成是……我把你踢下去的？」紀婉兒猜測道。要不然蕭清明怎麼會有這種反應？

蕭清明擰了擰眉，眼裡的情緒有些複雜，但他還是像昨日一樣，沒搭理她。

等蕭清明掀開被子，把被褥跟草蓆放到一旁，紀婉兒的記憶才終於回歸了。原主和蕭清明關係不好，所以他一直睡在地上，已經幾個月了。

愈是了解事實，紀婉兒心裡就愈慌。

在書中，原主就是一個不重要的角色，相關描述也不多，如今她來到書中，那些原本沒寫的、關於原主的事情慢慢地浮現，變得立體。

冰凍三尺，非一日之寒。蕭清明之所以會那麼恨原主，有一定的緣由，原來就算沒那些破事，原主平日也待蕭清明不好，難怪……

「哈啾！」

走到門口時，蕭清明打了個噴嚏，這一聲也把紀婉兒拉回到了現實中。

這是凍著了？紀婉兒眼尾餘光瞄到了自己身上的被子，突然想到了一件事：她昨晚去櫃子上拿的被子，是蕭清明的吧……

天哪，她竟然做了比原主更過分的事情，剛剛還好意思問蕭清明？這不是火上澆油嗎?!

怪不得蕭清明會用那種眼神看她，理都沒理她。

紀婉兒煩躁地撓了撓頭，此時一陣冷風從窗縫颳了進來，令她瑟縮了一下，渾濁的腦袋也清醒了些。

罷了罷了，既然事情已經做了，懊惱也無法改變事實，倒不如想想該如何補救。

瞧著屋外朦朧的天色，紀婉兒又躺下了。這麼冷的天，她又不用讀書，起這麼早沒啥用。

在床上又躺了約莫半個時辰，實在是無聊得很，紀婉兒便起床了。昨天做了砍竹子那種體力活，起來之後才發現自己的胳膊有些痠痛。

收拾好床鋪，紀婉兒就出去了。

此刻天色雖然比剛才亮堂了些，但還不到辰時，太陽仍未露臉。雖然冷，然而空氣極為清新，山上也籠罩著一層朦朧的霧氣。

茅屋、田地、竹林、青山……這幾個元素加在一起，美極了。

只可惜，茅屋漏雨、窗戶四處漏風，家中沒有像樣的家具，廚屋裡也沒有多少食材。對於溫飽都成問題、住處也不安穩的人而言，再美的風景也無暇欣賞。

此刻時辰尚早，紀婉兒洗漱了一番，就去了屋後的竹林。閒著也是閒著，不如做些事情，活動活動筋骨、鍛鍊鍛鍊身體。雖然手還有些疼，不過她已經掌握了一些砍竹子的竅門，應該不至於像昨天那麼辛苦了。

蕭家西面與南面是地，北面是山，東面則是村子。距離他們家茅草屋不到四、五公尺的地方住著一戶人家，他們也姓蕭，是蕭清明沒出五服的同族。

孫杏花是這家的女主人，這日，她正端著餿水往外面倒，就發現了在屋後砍竹子的紀婉兒。

竹林並不大，一眼就能看到全貌，起初她以為自己眼花了，看了一眼就轉身離開，回到家裡以後覺得不太對勁，便放下盆子又出來了——竟然真的是隔壁那個潑辣又不守婦道的小媳婦兒！

她記得這小媳婦兒不到巳時不起床，也沒見她幹過活，吃完飯就往外面竄，可今日這是早起又幹活了，不會是又要搞什麼花樣吧?!

孫杏花站在門口看了很久，便扭頭餵豬去了。一刻鐘後，豬餵好了，她又忍不住出來瞧了一眼——人還在?!真是太陽打西邊出來，懶婆娘也變得勤勞了！

又瞧了一會兒，聽見家裡那剛滿周歲的娃傳來了哭聲，孫杏花回家去了。

紀婉兒並不知道有人在看她，而是認真對付竹子，想趕緊做好籬笆。

昨晚雲霜和子安聊了許久，耗了些精神，等到辰時，雲霜這才醒過來。

原先那個紀婉兒每日巳時起床，雲霜都會提前半個時辰去做飯，在這之前，她會洗衣裳或是掃地。

今日不用洗衣裳，雲霜並不太著急，然而一清醒，她就聽到屋後傳來熟悉的聲音。昨日上午她跟弟弟也聽到了，難道是……

雲霜連忙套上薄襖、穿上鞋子，迅速去了屋後——果然，是嫂子。

見到紀婉兒在砍竹子，雲霜有一種說不出來的感覺。

她昨日就擔心一切都是假的，害怕睡一覺就什麼也沒有了，醒來之後又恢復到原來的生活，不過現在嫂子依舊跟昨日一樣在砍竹子，還衝著她笑。

「雲霜醒啦？」紀婉兒打了招呼。

雲霜回過神來，上前道：「嫂子，您歇歇，我來吧。」

紀婉兒見她頭髮亂糟糟的，肯定是剛醒就過來了，不禁摸了摸雲霜的頭，笑著說：「不用了，我閒著沒事做，就過來砍竹子。妳先去洗漱吧，咱們做飯去。」

除了爹娘，還從未有人這樣對待過自己，雲霜態度有些侷促，小聲應了聲。「嗯。」

等雲霜洗漱完畢，紀婉兒已經從竹林回來了，還問了她一個之前從來沒人問過的問題——

「雲霜，妳哥哥喜歡吃什麼？」

昨晚得罪了蕭清明，紀婉兒就想在吃食方面下工夫，看看能不能讓他消消氣。可是她不知道蕭清明愛吃什麼，總不能直接去問本人吧，那個木頭疙瘩不會搭理她的。

哥哥喜歡吃什麼……雲霜還真不知道，因為他從來沒說過。

第五章　疑神疑鬼

見雲霜搖頭，紀婉兒有些失望，不過這算是在她的意料之中。

蕭清明活像個悶葫蘆，雲霜也不怎麼愛開口，估摸著這兄妹倆就沒怎麼說過話。她轉而問了另一個問題。「那妳見妳哥哥什麼食物吃得比較多？」

這個雲霜知道，她脫口而出。「昨日哥哥吃得就比從前多。」

「啊？」紀婉兒沒料到雲霜會這麼說。

「嫂子做的飯好吃，昨日我見哥哥比平日吃得都要多一些。」雲霜解釋。

這是不是表示蕭清明喜歡她做的飯菜？要真是如此的話，想要緩和兩人的關係倒是簡單多了，她只需要多做些料理，情況就會慢慢改善。

「除了昨日呢？平日妳哥哥吃什麼比較多？」紀婉兒又問。

從前吃的是粗麵饅頭，喝的是清湯，昨日她多放了些油和雞蛋，那個書呆子多吃些也正常，沒什麼參考價值。

雲霜想了許久，回道：「麵！我記得哥哥有次在老宅吃過兩碗。」

麵？紀婉兒心裡一喜。

這個好辦，種類也多，她能換著花樣頓頓做給蕭清明，一個月種類都不重複。可惜家裡沒有現成的麵條，得自己動手擀，做起來比較麻煩，花的時間也比較久。

紀婉兒轉身去了廚屋，找到一個乾淨的盆子，往裡面倒麵粉，她看了站在她身旁的雲霜一眼，問道：「妳跟子安喜歡吃麵嗎？」

雲霜連忙點頭說：「喜歡，我跟弟弟都喜歡。」

聽罷，紀婉兒又往裡面再加了一些麵粉。

她已經好久沒擀過麵條了，而且跟蕭家人不太熟悉，不知道他們的飯量。昨日她做了三頓飯，每樣料理都被掃光，也不知道大家吃沒吃飽。估摸著就算是沒吃飽，也沒人敢跟她說吧？

這樣一想，紀婉兒又往盆裡加了一些麵粉。民以食為天，寧願剩下了，也不能不夠吃。

加完麵粉，紀婉兒又打入了一顆雞蛋、撒了一些鹽，再來加水、和麵、餳麵。餳麵時，紀婉兒去外頭摘了些野菜，洗乾淨後切碎。等麵餳好後，紀婉兒開始揉麵擀麵，切成細細的長條。

此時，雲霜已經把鍋裡的冷水燒開了。下了麵，等麵熟了之後，紀婉兒放上剛洗好的野菜，再加些調料，最後往鍋裡淋上一些麻油，一鍋手打麵就做好了，換算成碗，大概有六份吧。

「好香啊！」子安站在門口忍不住說道。

紀婉兒笑著說：「去洗洗手，叫你哥吃飯。」

子安臉上帶著欣喜的神色，重重點頭道：「好！」

不一會兒，紀婉兒就聽到子安站在門口叫蕭清明了。「哥，嫂子喊你吃飯了！」

蕭清明昨晚睡得並不好，這會兒身體還有些不舒服，看了看時間，早飯竟比以往要提早一個時辰做好，他不禁皺了皺眉。

晚上折磨他，白天也為難他，她真的是變著法子不想讓他好好讀書……

「嫂子做的麵可香了！」子安又說了一句。

麵？蕭清明愣住了。

蕭清明過去時，手打麵已經端上桌了。麵條看起來有些泛黃，湯上面還漂著青綠色的菜葉，模樣好看極了。也不知道裡面放了什麼，聞起來竟然這麼香。

紀婉兒覺得光這樣吃有些單調，又用鹽跟麻油做了一道涼拌野菜，等她過來時，蕭家三個人已經坐在飯桌前了，他們的動作幾乎一模一樣，都盯著面前的麵。

她一來，蕭清明就先動筷子，等她動了筷子，兩個孩子也開始吃了。

紀婉兒吃麵之前習慣性先喝湯，等她喝了兩口湯，就聽到此起彼伏的吸麵聲。

子安吸麵的速度太快，導致湯水噴到了臉上。他不在意，用手背抹了一下，迅速咀嚼起嘴裡的麵條。

紀婉兒拿起帕子為他擦了擦臉，問道：「好吃嗎？」

子安不停地點頭說：「好吃。」等嚼完嘴裡的麵條，又道：「這是我吃過最好吃的麵，比嬸娘在鎮上買的還好吃！」

「是嗎？」紀婉兒又看了看其他兩個人。

雲霜畢竟是姑娘家，吃起飯來秀氣得多，她低著頭，小口小口地吃著，時不時喝上兩口湯。至於蕭清明麼……

他手裡的書放到了桌子上，正在認真吃麵。

紀婉兒放下心來了。她本來覺得調料不足，整道料理做得太過簡單，而且她又許久沒擀麵了，有些生疏，以為會不太好吃，沒想到竟然這麼受歡迎。

希望這一碗麵能抵銷昨晚她犯的錯……紀婉兒正這麼想，恰巧蕭清明就抬頭看向了她。

紀婉兒衝著他笑了笑。「好吃嗎？」問完，又不自覺帶上了稱呼。「相公。」

出乎意料，蕭清明像是喉嚨被卡住了一般，猛然咳起嗽來，臉和耳朵都紅了，這讓紀婉兒不禁微怔。

蕭清明皮膚白皙，從來沒下地幹過活，他又長得好看，臉這麼一紅，樣子嫩生生的，看上去像是害羞了。
這反應，似乎有點可愛。
「慢些吃，鍋裡還有。」紀婉兒的語氣不自覺放柔了。
豈料蕭清明卻是咳得更厲害了，也不知是被氣的，還是羞的。
過了好一會兒，蕭清明才緩過來。他瞥了紀婉兒一眼，端起碗走了。
紀婉兒滿臉詫異。她剛剛也沒說什麼或做什麼吧，怎麼蕭清明一副避之唯恐不及的鬼樣？這麵也不難吃啊……
沒等紀婉兒想明白，就見蕭清明又端著碗回來了，滿滿的全是麵。
紀婉兒挑了挑眉，心頭一鬆。看來是她多慮了，今天這麵做得實在是好極了呢。
蕭清明果然愛吃麵——想到這是雲霜提供的情報，紀婉兒側頭看向了她。
自從蕭清明開始咳嗽，雲霜就停下筷子不吃飯了，一臉緊張地盯著兄嫂，生怕他們又跟從前一樣吵了起來。當然，出聲的人只有嫂子，哥哥一向是不講話的。
不過，今日哥哥的樣子著實有些奇怪。雖然哥哥過去也會臉紅，但總是一臉憂愁或憤怒，這次卻是讓人看不清他心底的情緒。
等哥哥盛了一碗麵再次動筷子了，雲霜這才繼續吃飯，可東西還沒吃到嘴裡，嫂子卻看了過來，問道：「好吃嗎？」

雲霜點頭道：「很好吃。」

紀婉兒衝著她笑了笑，說道：「嗯。」

看著她，讓雲霜默默在心中讚嘆：嫂子可真好看啊。

哥哥成親之前，她打聽到了嫂子的住處，曾經帶著弟弟偷偷去看過。她長這麼大，第一次見這麼漂亮的姑娘，不僅外貌亮眼，身上的衣裳和首飾也特別好看，一看就跟他們這些在村裡長大的人不一樣。

她當時就在想，哥哥這麼會讀書，也就只有這種姑娘才配得上她優秀的哥哥。回到家之後，她日日盼著哥哥早點成親，這樣他們這一房就能多一個人，或許她跟弟弟的日子就沒那麼難熬了，可沒想到，嫂子來了，她的噩夢反倒更加劇了一些。

如今這個笑容，讓她又回到了初見嫂子的那一日……意識到自己盯著嫂子看太久了，雲霜不好意思地低下了頭。

兩個孩子再餓，飯量也有限，再加上紀婉兒盛的量比較多，因此一人吃了一碗再多一點就飽了。

紀婉兒高估了雲霜和子安的飯量，不過好在她低估了另一個人的飯量——蕭清明可是足足吃了三碗！他看起來清瘦，也不知道肚子裡怎麼塞得下那麼多麵。

蕭清明吃完三碗後，瞧紀婉兒和弟弟妹妹都在看他，便佯裝鎮定，起身打算回書房，然而剛走了沒兩步，就被人叫住了。
「哥哥，你書忘了拿。」子安天真地提醒兄長。
蕭清明的背影微微一頓，轉頭拿起桌上的書，腳步匆促地離開了堂屋。

吃完早飯，紀婉兒又去屋後的竹林砍竹子，雲霜和子安都來幫忙了。幹了一會兒活，等到休息的時候，紀婉兒去煮了一鍋薑湯。
蕭清明總是在地上睡，被子也特別薄，瞧他今天又是打噴嚏又是咳嗽的，萬一因為她而讓他感染了風寒，那可就不好了。
煮好之後，紀婉兒端了一碗過去給蕭清明，說道：「這是我剛剛煮的薑湯，喝一碗吧。味道可能不太好，但是祛寒。」
蕭清明又恢復了書呆子的模樣，對於紀婉兒進書房這件事，他除了皺皺眉，並沒有多餘的反應，眼睛一直盯著書本，從未移開視線。
紀婉兒有時候真的懷疑蕭清明是不是個啞巴，不會說話。不過他不說就不說吧，反正該做的她都做了。
「趁熱喝，涼了效果就不好了。」說完這句，紀婉兒就出去了。
紀婉兒並不是只為了蕭清明煮薑湯，在古代，感染了風寒可不得了，尤其是他們這種貧寒人家，根本沒有生病的本錢，她各為自己和兩個孩子盛了一碗，還要他們趁熱喝。

「哇，好難喝！」子安喝了一口以後立刻喊道。

雲霜頓時心頭一跳，連忙掃了紀婉兒一眼，又看向弟弟。

子安也意識到自己說錯話了，小心翼翼地瞧著紀婉兒。

紀婉兒盯著自己面前的薑湯，皺了皺眉道：「確實不好喝，但薑湯對身體好，能夠祛寒。」

見紀婉兒沒生氣，雲霜和子安都鬆了一口氣。雲霜悄悄瞪了弟弟一下，暗示他以後說話注意些。

子安用眼神向姊姊示意自己懂了，隨即低下了頭。嫂子這兩日沒訓斥他或打他，讓他有些放肆了。可不能好了傷疤忘了疼，不然最終遭殃的還是自己。

薑湯確實有些難以入口，不僅孩子不愛喝，紀婉兒也是，但為了身體，她忍了。盯著薑湯看了一會兒，紀婉兒做好心理建設，咕嚕咕嚕一口氣喝完了。喝完以後，她連忙倒了些溫水喝，沖淡薑湯的味道。

見她喝完，兩個孩子沒敢再說不想喝，也硬著頭皮全喝進了肚。

見孩子表情不太好，紀婉兒把溫水遞到了他們面前，說道：「快喝些水。」

書房中，蕭清明看了一會兒書，有些口渴了。瞧著一旁的薑湯，他端起來喝了一口，剛含入嘴中，他就差點吐出來。

這是什麼?!即便是他對吃食不講究，也喝不下這種味道奇怪的東西！

昨晚她搶了他的被子，現在又給他喝這麼難喝的湯，裡面不會是下了藥吧？

就在此時，他聽到了外面三個人的談話。蕭清明忍了忍，嚥下了嘴裡的薑湯，剩下的大半碗薑湯，他也閉著眼睛喝完了，喝完之後，舌頭上的辛辣感久久不散。

聽見紀婉兒笑著跟弟弟妹妹說話，他回想起了最近一段時日她所有反常的行為。

這女人平日時常見不著人影，一旦見到了，她就老愛數落他，在他耳邊說個不停、罵個沒完，鬧得他無法學習。他若是回一句，她有十句等著，那副樣子，就算長得再美，也甚是醜陋可怖。

有時候，他寧願她待在外頭不回來，她回娘家時，他最能保持心情平靜。最近一段時間，她忽然在床上躺了幾日，不起床也不出門。他本以為她變得老實了，沒想到她昨日竟然開始做飯，跟往常判若兩人。

飯做得很好吃，擾得他分了心神；晚上拿走他的被子，害他因為太冷而沒睡好；如今，又煮了一碗這般難喝的東西給他……

想著想著，蕭清明覺得身體似乎有些熱熱的。

他看向一旁的碗——難道是毒藥發作了？

紀婉兒不知道蕭清明在背後腦補了這麼多。她原本想出門去逛逛，順道買些東西，可或許是躺太久了，加上短時間內做了太多活，身體有些疲乏，而且天色陰沈，她便留在家裡。

休息了一會兒，紀婉兒又去砍竹子了，和昨日不同的是，雲霜和子安一直跟她待在一處。

由於自己並非完全接收了原主的記憶，紀婉兒便趁著這個機會，時不時向兩個孩子打探周遭的人和事。

孩子心思單純，不知她心中所想，對她知無不言、言無不盡，這一日下來，紀婉兒知曉的事情倒是比從前多了許多。

另一邊，自從早上看到紀婉兒在砍竹子，孫杏花心裡就存了事，一直關注著隔壁的動靜。

按理說，兩家離得近，又沒出五服，關係本來應該不錯的。可那個紀婉兒眼睛長在頭頂上，又嫌貧愛富，壓根兒不理睬他們，剛搬過來沒幾日，就把鄰居們得罪個徹底。

孫杏花熱臉貼了冷屁股，當然不願再自討沒趣，所以即便是好奇，她也沒過來探問，只在門口偷偷瞧了幾回。

晌午的時候，孫杏花就見紀婉兒跟兩個孩子在砍竹子；下午看的時候，紀婉兒還是跟他們在砍竹子。根據她的觀察，孩子似乎跟她還挺親近的，不時就能聽到笑聲，這就奇怪了。

那個紀婉兒是什麼樣的人，旁人不夠了解，她可是清清楚楚的。這女人仗著娘家有些錢，自己又長得漂亮，根本瞧不上他們這些人，連書讀得好的清明兄弟她也不放在眼裡。最讓人看不順眼的還不是這些，她最討厭的是紀婉兒常常打罵孩子。

孫杏花忍了幾回，終於按捺不住前去阻止了，可是那女人竟然嫌她多管閒事，把她臭罵了一頓。後來趁著那女人不在家，她去通知了清明兄弟，可他只會讀書，完全管不住自家女人，那女人說沒打孩子，他就信了。

不過，真正讓兩家撕破臉的，還是那件事。

她本來打算不管了，可那日她又看到那女人打孩子。瞧著清明兄弟在家，她想讓他親眼看看那個女人的暴行，急急忙忙就跑到隔壁去了，把正在書房讀書的清明兄弟叫了出來。然而，十歲的雲霜卻忍著疼，硬是說那女人沒打她，說她身上的傷是自己不小心摔倒碰傷的。

看著雲霜眼中的淚花，她突然覺得自己可能好心辦了壞事。這孩子一向命苦，早早就沒了親娘，如今又在惡嫂子手下討生活，若她此刻說了嫂子的不是，以後還不知會遭多少罪。

結果，那女人反倒像是抓住了她的把柄，對她破口大罵，說她挑撥他們夫妻之間的關係。

至此，她沒再踏入隔壁半步，也沒再管過他們家的事情，只是偶爾趁那女人不在家，給兩個孩子送些吃的。

她能做的事情有限，畢竟他們自己也是分家出來的，蓋了房子以後，家裡就沒啥銀錢了，還得撫養孩子。

孫杏花盯著竹林那邊一整日，愈想愈覺得不對勁。她尋了個機會，見紀婉兒不在院子裡了，就朝雲霜招了招手，把她喚了過來。

「三嫂。」雲霜道。

孫杏花是蕭清明堂叔家的兒媳，她丈夫排行第三，雲霜他們一向這麼叫她。

「我問妳，妳嫂子帶著妳和子安去屋後幹啥了？」

「砍竹子。」

一聽這話，孫杏花頓時生氣了，怒道：「怎麼還讓你倆砍了？你倆這麼瘦小，砍得動嗎？妳這嫂子真是愈來愈不像話了，讓妳洗衣做飯不說，如今又讓妳幹更重的活，她的良心都被狗吃了不成?!」

第六章 閒言閒語

雲霜連忙搖了搖頭，為紀婉兒辯解。「嫂子沒讓我跟弟弟砍，她自己砍的。」

「哦？真的是這樣嗎？妳沒騙我？」

「真的。」雲霜點頭道。

孫杏花並不相信雲霜，因為這孩子就從來沒說過那女人的壞話。「那她砍竹子幹啥？」

「嫂子說家裡沒有圍牆，要砍些竹子，在家的周圍扎籬笆。」

奇了怪了，這女人竟然開始關心這種事了？她不是一向討厭這邊的茅草屋，每日罵罵咧咧的，不想多待一會兒嗎？

出於對那個紀婉兒的了解，這番話孫杏花持保留態度，但她觀察了一天，那女人確實一直在砍竹子，她沒猜透她到底想幹啥，所以才把孩子叫過來問問。

「我好些天沒見她打罵你們了，不會是不敢明著來，開始背著人偷偷動手了吧？」孫杏花問。

雲霜使勁搖了搖頭說：「沒有沒有，嫂子最近沒打我們，她待我和弟弟可好了。」

孫杏花挑了挑眉，不明白雲霜為何袒護那女人到這個程度，她可是見過她打孩子有多狠的。

像是怕孫杏花不信，雲霜又補充道：「真的，嫂子昨日做了三頓飯，還讓我們吃雞蛋和白米飯。」

孫杏花覺得要麼是自己耳背了，要麼就是雲霜在作夢。

「今早還擀了雞蛋麵，哥哥吃了三碗呢。」雲霜道。

愈說愈迷幻了。想到這孩子從來沒說過紀婉兒的不是，孫杏花沒再糾結，說道：「妳別跟個傻子似的，天天為她說話，哪天她把妳賣了妳還給她數錢。妳哥精力都用在讀書上了，怕是顧不上你們，有事就得跟妳哥說，知道了嗎？」

「嗯。」

雲霜回去以後，正好要開飯了，她連忙過去幫忙，至於剛剛孫杏花跟她說過的話，她一個字也沒提。

吃過晚飯，紀婉兒回到房間裡。為了彌補昨天晚上的失誤，她把蕭清明的草蓆拿過來放在地上，鋪好褥子，在上頭展開他的被子。為了顯示自己的貼心，她還把櫃子裡的大紅色鴛鴦戲水枕頭拿出來放到褥子上。

很顯然，枕頭是一對的，床上一個，櫃子裡一個。既然在櫃子裡，就說明這是紀婉兒的嫁妝，怕是她出嫁的時候娘家給的吧，但她過去從來沒給蕭清明用。

處理好這些，紀婉兒滿意地去睡覺了。

半夜，蕭清明回來了，進屋後他直奔牆角而去，摸索了許久，卻沒找到自己的草蓆和被子，他忍不住擰著眉看向床上。

這女人到底想幹什麼？

蕭清明滿腹的疑惑在看到地上鋪好的東西時，瞬間消散了。原來，是他誤會她了。

走到自己的鋪蓋前，蕭清明脫下鞋子躺在地上。閉眼之後，他又想起了紀婉兒的事——她最近，確實跟之前不一樣了。

早上那碗薑湯雖然辛辣，但喝過之後身上暖呼呼的，很舒服；飯也做得很好吃，尤其是早上那一碗麵。

然而，這些事情想了不過須臾，蕭清明的腦子又被剛剛看過的書占據了，他開始回顧自己掌握的知識，結束了這一日。

接下來兩天，紀婉兒依舊沒出門，跟兩個孩子在後面的竹林砍竹子，雖然幹活的速度慢，但總歸是砍得差不多了。

扎籬笆雖然沒那麼累，但因為院子比較大，他們三個人磨磨蹭蹭忙了兩日才徹底弄好，最後還有模有樣地弄了道竹門。

瞧著這幾日的勞動成果，紀婉兒非常有成就感。這才像個家、像人住的地方嘛，之前就像個破草堂，說是鬼屋都有人相信。

目前紀婉兒的狀況恢復得差不多了，不但頭不暈，身體也不難受了，她開始想改善家裡的伙食。能用的材料都用盡了，大米跟麵粉見底，雞蛋是一個不剩，附近可食用的野菜也吃了個遍，該買點好的了。

這天吃完早飯，紀婉兒問兩個孩子。「我去鎮上買些東西，你們要不要跟著一起去？」

雲霜和子安都愣住了，隨後對視了一眼，沒說話。

「嗯？要去嗎？」紀婉兒問道。考慮到鎮上離這裡有些距離，她以為孩子不想去又不敢說，便道：「就是有些遠，你們要是不想去就在家裡待著，別亂跑。」

「我們……可以去嗎？」雲霜小心翼翼地問道。

嫂子常常出門，但幾乎都是一個人去的，即便帶上她，也只是讓她去幫忙幹活或拿東西，沒想到今日嫂子竟想帶著他們姊弟倆出去。

「當然可以啊。」紀婉兒道。

她雖然有原主的記憶，但並不齊全，有時候只有見到了人，或是到了某個地方，才會產生關於這方面的資訊，有雲霜在，倒是能給她指指路。

「我還沒去過鎮上呢。」子安一雙眼亮晶晶的，既興奮又有些緊張。

「那嫂子今日就帶你們去。」

「好！」

子安和雲霜去換衣裳，紀婉兒也回房了，她得帶上逛街最需要的東西——錢！

蕭家不富有，紀婉兒可不是個窮光蛋。董嬤嬤就是看中蕭清明這個人，認為他將來一定大有作為，所以才把女兒嫁給他。她也知曉蕭家比較窮，就給了女兒不少嫁妝，這些嫁妝也不虛，是銀子以及能熔成銀子的銀飾。

董嬤嬤這是為了女兒的長遠未來打算，想適當貼補蕭家，讓蕭清明欠他們，這樣等他以後考上秀才、中了舉，也會感激紀家，好好對待她女兒。只可惜，原主並沒有體會到董嬤嬤的用心，蕭清明也捨得變賣母親的嫁妝，用不著他們補貼。

原主聽老宅的人罵蕭清明沒本事，也認為他沒用，她覺得這個家窮就算了，結果還被掃地出門，害她被周圍的人嘲笑，而且蕭清明木頭極了，日日與書為伴，不把她放在心上，彼此哪像是夫妻。

至於蕭清明給的銀子，她也拿去揮霍，認為這是自己應得的。她甚至認為蕭清明藏私，所以故意日日給全家吃糠嚥菜，想要逼他拿出更多。

原主的想法某方面來說是對的，就算蕭清明把要參加科考的錢挪到吃穿用度上，也不可能一毛都不剩，不然哪來的錢買油燈，真到了要考試的時候也出不了門。不過蕭清明眼裡是真的只有讀書，原主也太能花，這才讓一個家過得極不像樣。

董嬤嬤給了原主八兩八的陪嫁，才短短半年，就剩下不到一兩銀子了。她這七兩多銀子換來的就是些胭脂水粉和好看的衣裳，但並不是什麼上好的東西，加起來怎麼樣都不會超過二兩銀子，真不知道那剩下的五兩多銀子到底是怎麼花出去的。

櫃子的一側，放著蕭清明給的銀鐲子跟銀釵。紀婉兒有些慶幸這些東西還沒被原主拿去換錢，要是真用掉了，以後怎麼跟蕭清明解釋？不過，目前不是把東西還給蕭清明的好時機，她拿起銀飾，塞到了櫃子最底層。

紀婉兒數了數，她大概還有七百多文錢家底，家裡有四張嘴等著吃飯，兩個孩子身上的衣裳也很破舊，得買些新的……

錢是真的不夠用啊！

不過紀婉兒沒有省錢的打算，她覺得錢不是省出來的，不夠的話，想辦法再賺就是了。

從裡面數了一百文錢，紀婉兒帶著孩子出門去了。

能出門去鎮上，雲霜和子安都顯得非常高興，兩個人穿上了自己最好的衣裳，雖然上頭有幾個補丁，但漿洗得乾乾淨淨。

此時地裡沒什麼活，這會兒又剛吃完飯，村裡有不少人在閒聊，他們三個一出現，大家的目光就投了過來。

紀婉兒有些後悔這個時間出來了。她忽略了一件很重要的事，原主在村子裡可是大夥兒茶餘飯後的八卦人物，她這樣出場就跟走秀似的。

這麼多人盯著自己，紀婉兒應該打聲招呼的，可她根本不知道該怎麼稱呼他們，而且原主瞧不上村裡人，她對這些人沒有記憶，雲霜和子安也一聲不吭的，場面尷尬極了。

已經走到這裡，就只能硬著頭皮繼續往前走了，就當他們都不存在吧……紀婉兒深吸了一口氣，直視前方，大大方方走了過去，她一邁出步伐，後面立刻響起了嗡嗡的議論聲。

紀婉兒知曉這些人不會說什麼好聽話，她怕聽到了以後破壞自己的好心情，便左手牽著雲霜、右手牽著子安迅速快走了幾步，躲開了身後那片嘈雜。

「那不是清明媳婦兒嗎？好些天沒見她出來了。」

「是啊，我還當她老實本分了呢，這不還是穿得花花綠綠的出來了？跟隻花蝴蝶似的！」

「我看啊，不是蝴蝶，是一灘蜜，引得那些男人啊……」

「聽說前些時候她跟錢家村地主家的二福好上了？」

「不是吧，我那天見她跟趙家村的順子在一處。」

「啥？這麼快就換了？」

「誰讓二福沒本事呢，為了她跟人打架，腿都斷了。」

「順子那娃子可不是個好東西，光長了一張嘴，其他啥都不行，還不如二福呢。」

「這女人可真是……」

「唉，還不是嫌清明家裡窮？嫌貧愛富的東西，有她後悔的時候。」

「這種賤女人真是不得好死！」

「唉呀，這麼說不太好吧，不是說她是京城長大的嗎，能瞧上那些貨色？」

「我也覺得，她模樣不差，犯不著！」

「雖說是京城長大的，可她家是被趕回來的，我看窮得很。」

「這樣的女人啊，天生就愛招蜂引蝶，可得讓家裡的孩子離她遠些。」

「說得是，說得是。」

紀婉兒是真的有討論度，一群人講了足足半個時辰，各自把在哪裡見過她、她做了什麼事、見了什麼男人分享給大夥兒，說了一遍又一遍，各種結果都猜測完了，這才轉移話題。

等走遠了，紀婉兒終於慢下腳步。

走了約莫兩刻鐘，快到鎮上的時候，紀婉兒才發現，不光村裡人會盯著她看，路過的人也會注意她，察覺到那些人眼中的驚豔，她意識到了是怎麼回事。

她忘了，原主長得好，這又是古代，跟現代那種到處都是漂亮妹子的環境很不同。想到鎮上的人會更多，她拿出帕子當作面罩戴在臉上，這樣一來，看她的人總算少了。

雲霜瞄了紀婉兒一眼，覺得嫂子真的跟原來很不一樣。之前嫂子最得意的就是這張臉，時時刻刻都要炫耀，有人誇她或緊盯著她，她可開心了，現在卻把臉遮了起來，不讓人看……

抵達鎮上以後，紀婉兒估算了一下，從家裡到鎮上足足有十幾里，得走上兩、三刻鐘才能到，不是普通的遠。

鎮，也就是比村子大一些、熱鬧一點的地方，要說有多繁華，那還真沒有。紀婉兒帶著雲霜和子安在鎮上逛了逛，逛的時候還緊緊牽著子安的手，雲霜則牽著他另一隻手。

雖說紀婉兒戴上了面罩，只露出一雙眼睛，但還是偶爾會有人盯著他們瞧。逛了一圈之後，她朝著菜市場去了，這才是他們今日來鎮上的主要目的。

高麗菜、油菜、豆角、白蘿蔔、白菜……考慮到鎮上比較遠，天氣偏涼，東西不太會壞，紀婉兒多買了一些蔬菜，又挑了些馬鈴薯。

蔬菜價格雖然很便宜，不過紀婉兒不是原主，花錢沒那麼大手大腳，買東西要貨比三家，誰家划算買誰家的，七、八斤蔬菜加上馬鈴薯總共花不到二十文錢。買完之後，她把東西放進了自己背後的竹筐裡。

「嫂子，我來拿吧。」雲霜道。以往紀婉兒出門購物都是讓她拿的。

「不用了，妳看好弟弟就行。」雲霜個頭那麼小，讓她背著竹筐，還不得把她壓彎了？

雲霜沈默地看著紀婉兒，握緊了弟弟的手。

雞蛋也要買，這東西不但營養價值高，又比肉便宜，可以補補身子。雞蛋一文錢兩顆，紀婉兒一口氣買了二十顆雞蛋。

這回雲霜搶了過來，放到了自己身後的竹筐裡。雞蛋不沈，雲霜性子又比較穩重，紀婉兒就隨她去了。

最後，他們來到了賣肉的地方。

肉對紀婉兒來說並不是什麼稀缺品，她也不是特別喜歡吃肉的人，然而或許是來到這裡以後一口肉都沒吃過，在看到肉的時候，她竟然開始饞了。

不光她饞，雲霜和子安的眼睛都快黏到肉上面了。若是眼神有溫度的話，那些肉怕是要被這兩個人給烤熟了。

肥肉十五文錢一斤，瘦肉十二文錢一斤。紀婉兒本來就不喜歡吃肥肉，覺得太膩，自然選了較便宜的瘦肉。肉吃新鮮的才好，家裡又沒有冰箱，她就讓人秤了二兩左右。

秤完瘦肉，紀婉兒看到了放在一旁的豬骨頭、豬皮，她詢問了價格，發現非常便宜。

這邊不是什麼富裕的地方，大多數人家只求個溫飽，偶爾才嘗嘗肉味。骨頭上沒肉，即便味道不錯，也沒人捨得花錢買，畢竟得不到吃肉的滿足感。

賣肉的屠夫瞧紀婉兒身上的衣著，推測她條件應該不錯，便想要以兩文錢一斤的價格把這些賣給她。

事實上，豬骨頭和豬皮頂多一文錢一斤，還不一定有人要，有時候只能搭著送。

賣肉的本來有兩家，另一家已經賣完收攤了，眼前就這麼一家，紀婉兒沒辦法比較價格。不過，跟前世的食材價格相比，她覺得兩文錢真的是太便宜了。瘦肉沒捨得多買，倒是可以買些豬骨頭跟豬皮，讓大家過過癮。

正想讓老闆秤一秤，雲霜忽然扯了扯她的衣袖。紀婉兒低頭看過去，就見雲霜衝著她搖搖頭，又迅速瞥了豬骨頭一眼，小聲說：「嫂子，那上面沒肉。」

雲霜知道嫂子有錢。以前她跟著嫂子來買東西，嫂子買什麼她就拿什麼，從不多話。她知道，要是提出了意見，輕則被罵，重則被打，總之嫂子不會聽她的。可今日不知為何，眼見嫂子要被人騙了，她忍不住出聲阻止。

想了想，紀婉兒正要說話，就見那屠夫瞪了雲霜一下，隨即笑著討好道：「小娘子，別聽這小娃娃亂講，小孩子不懂事，沒見過世面，這些雖然沒多少肉，但都是好東西。」

紀婉兒的視線先是掃過屠夫，又看向雲霜。只見雲霜抿著唇，用手絞著衣角，一副不認同但又不敢說什麼的模樣。

見狀，紀婉兒轉頭對著屠夫笑了笑，說：「唉，沒辦法，我家弟弟妹妹太瘦弱了，我正想著買些肉讓孩子補補身子，既然她不喜歡，那我們不買了。」

屠夫一聽，便知曉自己剛剛說錯話了，連忙笑著看雲霜和子安。

這屠夫生得一臉橫肉，一笑臉上的肉都在顫，嚇得子安躲到了雲霜身後。

第七章 心滿意足

「小娃娃，這上面雖然沒有肉，但可好吃了，妳肯定沒吃過吧？讓妳家大人買回去做些試試啊，煮湯跟燉菜可香了。」

雲霜堅定地搖了搖頭說：「我吃過，不好吃。」

伯母從前也買過豬骨頭，上面只殘留一小塊肉，而且全分給了堂兄弟他們，她只能啃骨頭。她又不是狗，牙齒沒那麼堅硬，根本就啃不動，伯母還當著爺爺奶奶的面罵她浪費，說她不懂事。

瞧著雲霜的反應，屠夫臉上訕訕的，心想這筆生意怕是做不成，這些豬骨頭多半又要拿回家餵狗了。

雲霜是個老實的孩子，雖然只相處了短短幾日，但想想書中對她的描述，紀婉兒多少明白她的性子，她說吃過而且不好吃，應該是真的。再回憶她之前說過的話，想必是那位手藝不精的伯母做的料理。

紀婉兒腦子裡有無數個處理這些食材的方法，而且每樣都很美味，她是想買一些的，但現下不好再說了，不過——

「唉，我倒是想買些，只不過孩子不喜歡……」紀婉兒故意多看了豬骨頭兩眼，拿起了剛剛秤好的瘦肉就要付錢。嘿嘿，正好探探這些東西的底價。

屠夫瞧著紀婉兒的眼神，覺得有戲！再說孩子也當不了家，關鍵得看大人。「我這馬上就收了，妳要是能全買走的話，我算妳一文錢一斤。」

一文錢一斤，就算買了那麼多豬骨頭和豬皮，還是很便宜！紀婉兒眼前浮現許多好吃的，心情都有些激動了。

紀婉兒知道剛才這屠夫定是想坑她，一文錢一斤大概才是他原本的定價。雖然知曉這個人做生意不夠老實，但想到二兩肉一人也分不了幾口，兩個孩子又瘦成這樣，她還是狠下心咬牙全買了下來。一共三斤多，抹掉零頭，花了三文錢。

雲霜雖然覺得虧了，但好歹比原來便宜，少虧了一些。嫂子沒吃過這些東西，等她吃了以後肯定就不買了。

隨後，紀婉兒又買了些調料和蔥、薑、蒜、大米與麵粉。離開米麵鋪子的時候，她身後的竹筐都放不下了，有些輕便的，就由雲霜和子安拿著。

一趟下來，總共用了近四十文錢。唉，錢真不經花啊。

此時，紀婉兒發現還是有人盯著他們看，特別是小孩子——更確切地說，他們是盯著雲霜和子安瞧。

她微微有些詫異，低頭一看，就見雲霜和子安眼神閃躲，不太自在的樣子。

又走了一段路，眼看就要離開鎮上了，幾個小孩子突然從後面跑過來，衝著雲霜和子安喊道：「小叫花子打補丁，吃不起飯穿不上衣！」

聽到這話，紀婉兒的目光一下子變得凌厲，瞪了那幾個孩子一眼。

那些孩子畢竟年紀小，一看紀婉兒生氣了，就一邊喊著一邊一溜煙逃跑了。再看雲霜和子安，兩個人都垂下頭，落寞地扯了扯自己的衣裳。

這已經是他們最好的衣裳了，上面只有幾個補丁，其他衣裳狀況更糟糕。沒了親娘，既沒人為他們做新衣，也沒人買給他們。

他們目前有的衣物，都是大房跟三房的堂兄弟姊妹剩下的。質料本就不好，雲霜又努力縫縫補補過了，這才穿到了身上。

紀婉兒輕輕嘆了口氣道：「我有些東西忘記買了，回去買吧。」

沒多久，紀婉兒就帶著兩個孩子到了一處成衣鋪子裡，一人買了一套衣裳，一共花了五十文錢。這還是普通的，好的合計要上百文錢。

在這個時代，男耕女織，一般人家沒有多少人會去買衣服，畢竟比做的要貴得多。可惜紀婉兒不會做衣服，那就只剩買這一條路了。

「嫂子，我不要，太貴了。」雲霜極力推拒。

他們買了那麼多食材才花了快四十文錢，姑娘家的衣物比較貴，這套衣裳都快追上那些錢了。子安雖然很想收下，但也知道太貴了，沒敢要，跟著推了回去。

紀婉兒給了好幾次，兩個孩子都不要，她不禁有些犯難。

五十文錢，對於如今的家底來說，確實是一大筆錢，不過該花的就得花。她本來覺得雲霜和子安的衣裳漿洗得乾乾淨淨的，沒什麼問題，可她卻忽略了同齡人的眼光，而且兩個孩子是真的沒什麼衣裳。

「嫂子自從嫁給你們兄長，一直沒給見面禮，這次就收下吧。」

賣衣裳的婦人也連忙在一旁說：「妳看你們嫂子對你們多好，以後可得好好對嫂子，長大了也要回報她。」

話都說到這分兒上了，雲霜和子安還是不敢要。

「嫂子之前對你們不好，就當作是補償了，好不好？」紀婉兒真誠地說道。

雲霜和子安互相凝視著對方，眼裡透露出了妥協之意。他們兩個畢竟是小孩子，拗不過大人，最後新衣還是穿在了身上。

穿著新衣的雲霜既忐忑不安，又抑制不住內心的歡喜。娘在世時，曾為她做過許多衣裳，可爹娘去世後，她就再也沒穿過新衣了。

子安是有記憶以來第一次穿新衣，從成衣鋪子裡出來以後，他就笑得合不攏嘴，路也不好好走了，蹦蹦跳跳的，有小孩子路過時，他還會故意向人展示他的新衣。

因為買了不少東西，重量有些沈，他們回去時一路走走停停，等回到村裡時，已經晌午了。紀婉兒把菜和肉先放在堂屋，回自己房裡更衣去了。

雲霜換下新衣後，才發現弟弟沒換，她立刻說道：「脫下來吧，別弄髒了，等以後出門再穿。」

子安畢竟還小，得到了新衣，不是想著以後出門穿，而是先去跟人炫耀。他知道姊姊的態度，試探地說道：「姊，我想先去找虎子哥玩，一會兒再換下來，行不行？」

雲霜一向很疼愛弟弟，可這會兒卻想也不想地拒絕了。「不行，你弄髒弄壞了怎麼辦？」

子安猶豫了一下，說道：「不會的，姊，我仔細些就好。」

雲霜還是毫不猶豫地否決了。「那也不行。」

子安思考了一會兒，又說：「那我去給他們看一眼就回來行不？姊，這可是我第一次有新衣。」

弟弟不到一歲就沒了爹娘，這確實能算是他第一件新衣。看著弟弟可憐的模樣，雲霜終究不忍心，答應了他。

子安開心得不得了，歡快地跑了出去。

在鎮上逛了逛，又來回走了這麼一大段路，體力消耗極大。眼瞧馬上就要到未時了，紀婉兒想簡單做些吃食，等晚上再吃些好的。今天的午飯煮道菜，再熬一鍋自己喜歡喝的米湯就差不多了。她可是真的愛上用地鍋煮的米湯了，喝了幾日都沒喝夠。

做飯之前，紀婉兒先把買來的肉跟菜吊到房梁上，不然不知道什麼時候就被老鼠吃了。

處理完這些，她拿著白菜和一小塊肉去了廚屋，可是到了那邊，她才發現一個重要的問題——家裡的饅頭吃完了。

剛剛去鎮上沒買饅頭，她也忘了蒸，瞧著一旁的麵粉，紀婉兒想了想，決定做些薄餅吃。

鍋裡煮上米湯後，雲霜就去清洗白菜了，紀婉兒把肉切成一片一片，切完後放入碗中，加上一些調料醃製，接著舀一些麵粉放入盆中，往裡面加水，揉成麵團。

此時雲霜回來了，兩個人一起把菜葉撕成了一瓣瓣。不知為何，紀婉兒總覺得用手撕出來的白菜比用刀切的好吃。接下來起鍋燒油，倒入醃製好的肉片，用蔥、薑爆香。

這幾日，雲霜聞過不少吃食的香味了。

饅頭片用油煎過會變得很香，炒青菜也是。比這些更上一層的香氣，當數雞蛋——被油煎過很香，打散了倒入湯中也香。可若讓她說最香的是什麼，當然是現在聞到的肉香！

雞蛋雖然珍貴，香味也迷人，可是她已經很久很久沒吃過肉了，確切地說，連聞都很少聞，也就只有過年的時候能吃上幾口，還是肉末，不是整塊的。

肉可真香啊……雲霜覺得口水快要流出來了，趕緊伸手擦了擦。

她為自己這沒出息的反應羞愧不已，忙低下頭不敢再看，然而肉的香味實在太濃了，她忍不住又把目光投向鍋裡。

事實上，不只是她，就連她那個滿腦子都是書的兄長，這一刻視線也飄向了廚屋。

肉下鍋之後，在鍋裡發出噼哩啪啦的聲響。

紀婉兒知曉肉在這個時代有多金貴，所以炒得特別仔細認真，盡最大可能發揮肉的美味。肉炒好之後，她就將白菜倒入鍋中翻炒，很快的，整個院子裡都飄散著香味。

子安雖說還小，可他知曉自己這套衣服有多寶貴，所以說到做到，出門炫耀了一圈就趕緊回來了。還沒到家門口，他就聞到了肉香，心想是誰家在炒肉，真是讓人羨慕啊。可離家門愈近，他就愈驚訝，肉香是從自家飄出來的?!

想到剛剛跟嫂子在鎮上買的肉，子安加快腳步回到了家裡，站在廚屋門口時，他發現這竟然是真的，嫂子真的在炒肉！

白菜炒得差不多時，紀婉兒在鍋裡添了一些油，待她轉身，就瞧見站在門口發呆的子安。

「回來啦？先去歇歇，一會兒就能吃飯了。」紀婉兒招呼道。

雲霜一向關注弟弟，見他還穿著新衣，連忙說道：「子安，快去把新衣換下來，別弄髒了。」

「啊？喔……喔，好。」子安眼睛盯著鍋裡，一步三回頭，好不容易才離開廚屋去堂屋換衣裳。

紀婉兒手上沾了些水，揪下一小塊麵團弄成薄片貼在鍋壁上，沒多久，鍋壁一圈都貼滿了薄餅。

等她蓋上鍋蓋，白菜炒肉的香味終於沒那麼濃了，但仍舊有源源不斷、隱隱約約的香氣從鍋裡飄出來。

子安換好衣裳以後，就蹲在了廚屋門口——這是最近他常常做的動作。只要鍋裡是他愛吃的，他就蹲在門口守候，其餘時候則是在院子裡玩耍或在堂屋休息。

白菜炒肉熟了，鍋蓋被掀開的那一瞬間，一股混合著白菜的清甜與肉類濃郁的味道再度溢了出來。

子安嚥了嚥口水，不自覺地站起身。

由於薄餅貼在鍋壁上，所以下面有些部分沾上了白菜炒肉的湯水。紀婉兒用鏟子把薄餅一個個取下來，瞧著上面的顏色有些焦黃，她滿意地點了點頭。

米湯早已經熬好，可以開飯了。

今日紀婉兒炒了不少白菜，她用有點深度的盤子盛好，再用布包著兩側端到了堂屋。把盤子放到桌上時，她不小心燙到手，下意識呼出一口氣，又用雙手捏了捏耳垂，一轉身，卻察覺蕭清明不知何時站在了堂屋門口。

這位可是嗜書如命、不叫他絕不出書房的主兒，今日倒是積極得很，沒人喊他，他就自己出來了。

方才聞到肉香的時候，蕭清明還能維持住理智，可漸漸的，本能的渴望戰勝了理性，他的視線不住地瞥向廚屋——

蕭清明已經好幾個月沒吃過肉了，瞧著弟弟蹲在廚屋門口，有那麼一瞬間，他竟然想過去跟弟弟一起蹲著。

終於，當蕭清明看到紀婉兒端菜進堂屋時，他再也忍不住，主動踏出了書房。他本是想出去聞聞肉香的，可在看到紀婉兒的動作之後，注意力卻不自覺地被吸了過去。

蕭清明正盯著紀婉兒鼓起來的雙頰，卻發覺主角回頭了。瞧著紀婉兒眼中的詫異，他的目光連忙移向別處。

「我……我餓了。」蕭清明心虛地解釋。

紀婉兒不禁挑了挑眉。

原來這個人會說話啊，這是她第一次聽蕭清明說話呢，還挺好聽的，溫聲細語，跟他這個長相倒是很相符。

嘖嘖！她還以為這位大哥天天看書肚子就會飽呢，就沒聽他說過一聲餓！

紀婉兒選擇不調侃他，只道：「洗洗手吃飯吧。」

「嗯。」應了一聲後，蕭清明快速轉身離開去洗手了。

開始用餐以後，紀婉兒的筷子率先伸向薄餅——她餓了。

吃了一口沾著湯汁的薄餅，嗯，味道不錯，紀婉兒頓時欣喜不已。接著她挾了些白菜吃了起來，菜葉香噴噴的，有湯汁有油水，還有一股肉味。

不曉得是不是一段時間沒吃肉了，紀婉兒竟覺得這菜比她前世煮的都要好吃，她忍不住又吃了幾口白菜。

等她想知道飯桌上其他人對這道菜的評價時，才注意到一件奇怪的事情——沒有一個人挾肉。

蕭清明想不想吃肉她不知道，畢竟除了書，他對什麼事情都沒反應，但兩個孩子肯定是想吃的，她還是第一次見他們這麼期盼一道菜，顯然是很久沒吃肉了。明明想吃得不得了，行為卻沒表現出來，這就奇怪了。

紀婉兒細細觀察了兩個孩子的態度，見他們雖然沒挾肉，眼睛卻黏在肉上。想到兩個孩子的經歷，她瞬間明白了些什麼。

說起來，這兩個孩子真的很可憐，在老宅的時候就沒人疼，分了家狀況也沒改變，怕是跟大人在一起吃飯的時候，不敢吃肉吧。

想清楚這些之後，紀婉兒各為雲霜與子安挾了一塊肉，說道：「吃吧。」

見他們小心翼翼地盯著她看，紀婉兒笑著說：「咱們今日可是買了不少東西，多吃些，別剩下了，晚上嫂子再給你們做其他好吃的，保管跟肉一樣香。」

聽到這番話，孩子們終於吃肉了。

肉不大塊，子安一口卻只咬了一半，他把肉含在嘴裡嚼了嚼，說道：「真好吃……」說完居然掉淚了。

這可把紀婉兒心疼壞了，又為他挾了一塊肉。「吃吧，以後咱們天天吃肉。」

子安緩緩拉起袖子抹了抹淚，雖然知道嫂子在哄他，他還是認真地點了點頭。

紀婉兒又轉頭為雲霜挾了一塊肉，雲霜剛想要拒絕，就被紀婉兒制止了。她知道雲霜又想讓給弟弟吃，儘管她自己也是個孩子，卻處處為弟弟著想。

「弟弟吃，妳也吃，大家都吃。」

雲霜抿了抿唇，垂頭挾起肉來細細品嘗，一小塊肉，她咀嚼了許久才吃完。「這是我吃過最好吃的肉。」她回味了一下嘴裡的滋味，輕聲說道。

「往後吃肉的時候多著呢。」紀婉兒又為他們一人挾了一塊肉，自己也吃了一塊。不曉得是不是受到了孩子們的感染，紀婉兒竟也覺得這是她吃過最香的肉。

見弟弟妹妹和紀婉兒都吃了，蕭清明的筷子終於伸向了肉——真香，真好吃，這也是他吃過最可口的一塊肉。

不過，等真的吃到肉了，蕭清明才發現，紀婉兒炒的白菜跟肉相比毫不遜色，肉似乎不再是最美味的了。

薄餅也很好吃，沾到白菜炒肉湯汁的部分，口感特別濕潤；微焦的那一面有一股焦香味，吃到嘴裡異常令人滿足……

第八章　改善關係

子安一連吃了好幾塊肉，開心極了，他覺得自己這輩子吃過的肉加起來都不如今天這一頓吃得多。

在老宅時，過年時雖然能吃到肉，但多半是肉末，至於平常一些節日時吃的肉菜，哪裡輪得到他，他能搶到一口肉湯就不錯了。這回他不光能喝到肉湯，還能吃到好幾塊肉，真是太好了。

紀婉兒一共就買了二兩肉，還打算分成兩頓煮，所以沒一會兒肉就吃完了。

瞧著孩子們滿足的神情，紀婉兒有些心酸。可惜家中並不富裕，吃這些肉，已經算是奢侈了。

可紀婉兒內心是有些想法的，她說道：「等咱們以後有錢了，頓頓吃肉！」

她這幾日要仔細琢磨琢磨，到底做什麼吃食才能賺錢，好讓家裡的人不只吃得好，還要過得好。

「嗯！」子安重重點頭。

雲霜看了紀婉兒一眼，挾了一筷子白菜道：「嫂子炒的白菜跟肉一樣好吃。」

真是個懂事又敏感的孩子……紀婉兒不禁對著她笑了笑。

子安也在一旁點頭道：「對，白菜也好吃，很香。」

紀婉兒笑著說：「好，那我們多吃些，都吃完。」

「好！」子安與雲霜同時應道。

看別人吃得高興，真的能提高自己的食慾，紀婉兒不知不覺多吃了薄餅跟菜，本想喝兩碗米湯的，最後只喝一碗就飽了。

一大盤白菜炒肉，全被一掃而空，連湯汁都被拿去沾薄餅，一滴不剩。

午睡過後，紀婉兒去處理豬皮了。她先刮掉上面的豬毛，放到鍋裡稍微煮一下，撈出來以後，拿刀刮除裡側多餘的油脂，切成碎末。

紀婉兒開了小火，再次將豬皮放進鍋裡，加入調料熬煮。雖說煮的只是豬皮，不是肉，但豬肉特有的香味還是飄了出去，尤其是這次放的調料很多，香氣逼人，不一會兒，雲霜和子安就過來了。

「嫂子，妳在做啥，怎麼這麼香？」子安好奇地問道。

他都沒注意到，自己對紀婉兒的稱呼已經從「您」改成了「妳」，一旁的雲霜也毫無所覺。

紀婉兒答道：「我把咱們早上買的豬皮煮了一下。」

「啊？那東西煮了之後好吃嗎？」子安問道。他沒吃過這樣的東西。

紀婉兒點點頭說：「好吃啊。」

雖說不知道紀婉兒究竟是怎麼煮豬皮的，但是鍋裡散出來的味道實在太香了，子安忍不住嚥了嚥口水。

「不過做這種吃食需要的時辰比較久，等晚飯時才能吃。」紀婉兒又道。

雲霜聽了，馬上說道：「嫂子，我來吧。」

紀婉兒拒絕了。「不用了，你倆出去玩吧。」

過了一會兒，子安離開廚屋了，雲霜卻還待著。紀婉兒說不需要她燒火，她就沒再堅持，只是蹲在一旁默默遞柴火。

等豬皮熬得差不多了，紀婉兒就盛了出來，放進一個盆子裡面——接下來就等著結凍了。如今天氣還有些冷，想必用不了多久。

熬完豬皮走出廚屋，紀婉兒這才發現外頭的天色不知道何時變得陰沈。瞧了瞧屋頂，她心想，壞了。

原本紀婉兒認為這時雨水不多，過幾日再修補屋頂的，如今卻是有了下雨的徵兆。她連忙叫過雲霜，又帶上子安，三個人去山上找茅草了。

紀婉兒不會修理茅草屋頂，怕弄不好，就順便找了些寬大的葉子帶回家，好歹能擋擋雨。

自從看到紀婉兒砍竹子，孫杏花就一直在觀察隔壁這個鄰居，愈看愈覺得奇怪。

紀婉兒不再像從前一樣巳時才起床，每日不到卯時就起來洗衣做飯，也沒再見她打罵兩個孩子了。今日紀婉兒還帶著孩子去鎮上，聽遇到他們的人說，兩個孩子回來時穿的都是新衣。

想到過去紀婉兒那尖酸刻薄的嘴臉，孫杏花感覺這一切不太對勁。

她記得前些日子隱約聽到隔壁兩夫妻在吵架，好像是因為錢不夠了。既然沒錢了，怎麼還有心思煮肉買新衣？一個人短時間內能有這麼大的改變嗎？怕不是有什麼陰謀吧……

這年頭，賣孩子的人可不在少數，別說是嫂子了，就算是親生爹娘，也有不少人把孩子賣給大戶人家當丫鬟，或是送到那種骯髒地方的。

雖說自己發過誓，再也不去找晦氣了，可孫杏花還是沒忍住。瞧著隔壁三個人抱著一大堆東西回來，她便抱著兒子跟了過去。

紀婉兒正在整理抱回家的茅草，就聽到門口傳來動靜。她轉頭一看，發現一個年約二十來歲的婦人，懷裡還抱著一個小娃娃。
「三嫂！」雲霜和子安連忙向來人打招呼。
原主的記憶回來了一些，紀婉兒愣怔片刻後，也叫了一聲。「嫂子。」
孫杏花過來的時候挺乾脆的，可到了蕭清明家門口，想到之前那一幕幕，又猶豫了。紀婉兒上回都把她罵成了那個樣子，她再厚著臉皮來，不是犯賤嗎？
等到紀婉兒主動打招呼後，孫杏花那顆忐忑不安的心稍微放鬆了一些。
這算是印證了一些自己最近對她的看法，這個紀家女人，果然跟之前不太一樣了。從前這女人眼睛長在頭頂上，從來不會主動搭理她，如今倒是挺有禮貌的。
「嗯，清明媳婦兒，忙著啊。」孫杏花推開門進來了。
這還是第一次有人這樣稱呼她，紀婉兒微微有些不習慣，但很快就接受了。她是蕭清明的妻子，旁人不叫這個還能叫什麼。
轉頭看了看屋簷下的板凳，紀婉兒瞧雲霜離那邊近，便道：「雲霜，給嫂子搬個板凳坐。」
雲霜看了看自家嫂子，又瞧了瞧孫杏花，開心極了。往常兩位嫂子見了面就掐架，這回總算平靜無波，她連忙為孫杏花搬板凳去了。
這女人在搞什麼鬼？也太客氣了吧……孫杏花壓抑住內心的驚詫，抱著孩子坐在了板凳上。

雲霜和子安平常話不特別多，又被老宅那些人和原主壓制了許久，兩個人都不太會主動跟人攀談。

紀婉兒雖然個性不內向，可她這會兒漸漸想起了過去跟孫杏花之間的不愉快，況且如今的她跟孫杏花不認識，實在不知道說什麼才好，尷尬到不行。既然不知道該說什麼，她就低著頭繼續處理茅草了。

孫杏花是過來打探消息的，她本人性子又潑辣，自然不會讓氣氛冷下來。她打量了紀婉兒許久，問道：「你們這是在做啥？」

紀婉兒答道：「家裡的屋頂漏雨，我瞧著快下雨了，想弄些茅草和葉子補一補。」

「補屋頂？」孫杏花瞄了瞄他們手中的茅草，又看向紀婉兒。

紀婉兒點頭道：「嗯。」

「就這樣弄？」孫杏花又道。

紀婉兒又點了點頭。

「清明媳婦兒，妳到底會不會補屋頂啊？綁得這麼鬆，別說是下雨，風一吹就沒了！」

孫杏花的嘴動得比腦子快，連珠炮似的說道。

雲霜和子安聽到孫杏花的話，嚇得站了起來，一聲不敢吭；正在書房用功的蕭清明也闔上了書，一臉煩躁。

蕭清明剛拉開書房的門，就聽到了紀婉兒的聲音——

「啊？我從前沒補過，這是第一次弄。」紀婉兒有些不好意思地說道。前後兩世加起來，她這是第一次住茅草屋，更別提補屋頂了。

孫杏花在說完話之後，就意識到自己又衝動了。她本就不喜歡紀婉兒，加上從前兩個人鬧過矛盾，自然見著她就沒啥好氣，可說到底，她今日不是來吵架的。

見紀婉兒態度依舊溫和，孫杏花覺得自己剛剛那些話有些重了，連忙放緩了語氣。

「咳，妳籬笆不是扎得挺好的嗎？我以為妳會補屋頂。」

紀婉兒之所以會扎籬笆，是因為她前世曾為家裡的菜地扎過，但補屋頂卻是頭一遭。

雖然紀婉兒憶起了一些跟孫杏花相處的片段，知曉雙方不和，可眼瞧著今日就要下雨了，她還是厚著臉皮多問了兩句。畢竟雲霜和子安不會補屋頂，蕭清明又是個書呆子，她實在不知道該向誰求助。

「嫂子，那您說該怎麼弄？」

聽到這裡，蕭清明默默關上門，回到書桌前繼續看書了。

孫杏花則是差點說不出話。這個紀婉兒真的跟從前不一樣了，認識這段時間以來，她啥時對她說話這麼客氣了，這是頭一遭啊！

正所謂伸手不打笑臉人，孫杏花壓住內心的疑惑，開始教紀婉兒怎麼弄。教著教著，她嫌紀婉兒幹活不索利，索性把孩子扔給雲霜，自己動手了。

「妳得這樣弄才行，不能那樣弄。」

「瞧妳這手細皮嫩肉的，就沒幹過活吧。」

「妳這命可真好，在娘家不幹活，來婆家也不用幹活。」

孫杏花怕是要把之前在紀婉兒這裡受過的氣全撒出來了，若換成原主，早就跟她對罵起來，可紀婉兒卻一點也不生氣。

此時紀婉兒已經想起與孫杏花相關的所有事情了，知曉兩人之間的糾紛是怎麼回事。說到底，的確是原主做得不對，若不是她日日打罵孩子，孫杏花也不會上門跟她理論。

蕭清明分家後剛搬過來的時候，孫杏花一家可是出了不少力。又是幫忙搬東西、又是協助整理環境，還因為這個家的廚屋用品暫時不齊全，為他們做了幾日飯，這就是個熱心、話多又沒什麼壞心眼的鄰居。如今她跟原主合而為一，別人說這些，她當然得乖乖聽著。

孫杏花本是要來探一探紀婉兒的底，底還沒探著，活兒倒是幹了不少。不過她心裡高興得很，不管她今日說了紀婉兒多少不是，她都沒回嘴，等茅草綁得差不多，孫杏花也說得盡興了。

瞧著紀婉兒依舊平和的面容，孫杏花這會兒也回過味來了。她想起了雲霜之前說過的話，又想到了紀婉兒最近做過的事。

過來之前，她原本覺得紀婉兒想出了什麼壞點子要折磨雲霜和子安；過來之後，雖然只跟紀婉兒相處了這麼一會兒，她對紀婉兒的感覺卻突然變了。

她總覺得，這姑娘做不出來賣孩子那種事。

說來也真是神奇，現在這個蹲在她旁邊的小婦人跟從前那個對她破口大罵的潑婦，簡直就是兩個完全不同的人，這變化也太大了，讓人不敢置信。

孫杏花向來憋不住話，有啥說啥，這會兒忍不住說道：「清明媳婦兒，妳怎麼跟從前不一樣了？」

聽到這句話，紀婉兒整理茅草的手微微一頓。雲霜和子安看了過去，正在看書的蕭清明也抬起頭來，看向了窗外。

紀婉兒心想，她跟原主是兩個靈魂，自然不同。

起初，她也考慮過先按照原主的性子過日子，再一點點改變，可原主的做法實在令人無法苟同，她做不到。

其實這種事情只要她自己不承認，旁人永遠找不出證據，所以穩住就好了。她早已想好了說辭，此刻也不慌。

紀婉兒繼續打理手中的茅草，緩緩說道：「過去我總跟相公吵架，想必嫂子也知道。之後我回了幾趟娘家，我娘次次都要說我，後來我爹在家的時候也訓斥我。前陣子我大病了一場，在床上躺了好些天，整個人昏昏沈沈的，動不了，多虧雲霜在我床前伺候著。」說到這裡，紀婉兒看了雲霜一眼。雲霜有些開心，又有點不好意思，低下了頭。

「躺在床上的時候，我反反覆覆想著之前做過的事情，思考我爹娘說的那些話，愈想愈覺得自己做得不對。娘家怨我，這邊也不喜歡我，好好的日子，被我過得愈來愈糟。醒來以後，我就大徹大悟了，決心往後重新做人。」

想不到事情原來是這樣！孫杏花心思單純，毫不懷疑地信了。

這裡的人全知道，紀婉兒的娘在京城的侯府當過嬤嬤，見多識廣，要不然也不會把女兒嫁給蕭清明，說穿了，就是認定他有前途。

紀婉兒是被自家爹娘教訓，自己又生了場大病，才醒悟過來的。也是，不少人在重病痊癒之後都會覺悟，況且紀婉兒之前還會拿嫁妝來貼補家用，說明她人本就不壞——這點雖然是孫杏花被原主騙了，但是包括雲霜在內的人都這麼想，也就不意外了。

「清明媳婦兒，妳這麼想就對了。清明兄弟會讀書，以後大有前途；雲霜和子安都是好孩子，以後妳給雲霜找個好人家嫁了，不也能幫襯幫襯娘家嗎？」孫杏花說道。

這是愈說愈遠了。紀婉兒瞧雲霜紅了臉，便道：「嗯，嫂子說得極是，從前我有什麼做得不對的，也請嫂子多擔待些。」

「妳這說的是哪裡話，我脾氣也急了些。」孫杏花趕緊說道。

她就是這樣的人。對方要是跟她吵，她能還以顏色；要是對方認錯了，她也會立刻檢討起自己。

事情算是就這樣說開了。

孫杏花幹起活來比紀婉兒索利得多，不一會兒就整理好了，後來她又把她丈夫蕭大江喊了過來，幫忙把茅草鋪到屋頂上，壓得結結實實的。

瞧著密不透風的屋頂，紀婉兒很是開心——今晚不用淋雨了。

她還記得剛穿過來那會兒，躺在床上時，有一次下雨了，屋裡冷得很。她睡的床那邊沒漏雨，但房裡別處的地上卻濕了。隱約中，好像有人進進出出的，不知道在做什麼……

「多謝三哥、三嫂。」回過神，紀婉兒謝道。

「客氣啥，天不早，該做飯了，我們就先回去了。要是今晚還漏雨，明天再讓妳三哥幫忙弄。」孫杏花道。

住家離得近，大家又有血緣關係，這種人與人之間的感情，真的既樸實又溫暖。

「好的，謝謝三嫂。」

孫杏花他們離開之後，紀婉兒就開始做飯了。天色微暗，又有些冷，這種天氣最適合吃麵。

對於喜歡的人而言，麵這種料理真的是百吃不厭。之前煮過一回麵，紀婉兒已經摸清了大家的食量，做起來就比上回熟練得多，沒多久，她就擀好了麵。

今日剛去過鎮上購買食材，所以除了手打麵，還有一道菜。

兩個時辰前熬好的豬皮現在結成了凍，紀婉兒把肉凍倒在案板上，切成一小塊一小塊，又淋上了料汁、麻油、蒜末拌勻。

肉凍做了不少，他們一頓吃不完，紀婉兒分出一些放在碗裡，說道：「你們先吃吧，我去隔壁一趟。」

紀婉兒向來是個恩怨分明的人，尤其是別人對她的好，她一定會放在心上，再找機會加倍回報。孫杏花一家剛幫了大忙，她得回饋人家。

見天上開始飄下雨點，紀婉兒拿起下午出門去摘的大葉子頂在頭上。

兩家離得近，紀婉兒跑了幾步就到了。

第九章　找尋出路

紀婉兒抵達時，孫杏花還在做飯。他們家吃兩頓飯，晌午那頓吃得一般，晚上這頓豐盛，所以沒有紀婉兒做得快。

「嫂子，多謝您跟三哥下午幫我家補屋頂，這是我下午用豬皮做的吃食，給你們嘗嘗，做得不多，您別嫌少。」

孫杏花驚訝極了。紀婉兒能不打兩個孩子、心平氣和跟她說話，她就已經覺得是意外之喜了，這會兒她還知曉人情世故，來送吃食了？而且竟然有肉！

雖然孫杏花不知這料理是怎麼做的，但她本能地拒絕了。「這太貴重了，妳拿回去吧。」他們也沒幫啥忙，不過是舉手之勞罷了。

「不值什麼錢的，家裡還有，我們四口人吃不完，您就留著吧。雨馬上要下大，我先回去了。」

說著，紀婉兒放下手中的碗，頂著大葉子回家去了。

一回到家，紀婉兒就見大家整整齊齊坐在飯桌前，盯著面前的吃食。她發現沒人動筷，便問道：「怎麼不吃呢，麵爛了就不好吃了。」

雲霜看了紀婉兒一眼，說道：「我跟弟弟正在看這是啥。」

「這是肉凍。」紀婉兒解釋。

「為啥會結成凍？」子安好奇地問：「這裡面是不是放了啥東西？」

「沒有，這之所以會結成凍，是因為……」說到這裡，紀婉兒卡住了。肉皮煮過後會結凍，是因為裡面含有豐富的膠原蛋白，可這話該怎麼跟子安說呢，他們又沒聽過「膠原蛋白」這個詞。

猶豫了片刻，紀婉兒道：「是因為肉皮裡面含有一種東西，冷了之後就會結成凍。你們想想看，家裡燉的魚要是剩下，放久了是不是會結成凍？」

子安對這種事情一點概念都沒有，在他的記憶裡，但凡是肉菜，就沒有剩下的時候。

雲霜倒是有些印象，說道：「對，過年時剩下的魚有的會結凍，但那些凍沒有這麼結實。」

「嗯，這就是了。」說罷，紀婉兒道：「快吃麵吧，別放涼了。」

紀婉兒動了筷子吃麵，其他人就開始吃了。

雲霜和子安雖然對肉凍好奇得很，但兄嫂沒動筷子，他們是不敢吃這道菜的。好在蕭清明的筷子很快就伸向了肉凍，雲霜和子安終於能吃了。

這肉凍做得著實漂亮，模樣晶瑩剔透，有小塊的白色肉皮鑲嵌在裡面，看著不像是一道菜，反倒像是藝術品一樣。不過肉凍的外表有些光滑，不太好挾。

蕭清明試了幾下，總算慢慢挾起了一塊。入口之後，果然如表面一般滑嫩，還特別有彈性，裡面那一小塊肉皮很香，頗有嚼勁。

整體來說這道菜酸爽可口、冰冰涼涼，還有一股蒜香味，跟他之前吃過的食物都不太一樣，有一種非常獨特的感覺。雖說他對吃的不怎麼在意，但是東西好不好吃，他還是分辨得出來。

雲霜和子安也是挾了幾回，尤其是子安，挾了好多次都沒挾起來，最後他直接用一根筷子插在上面，把肉凍送到自己的嘴裡。

「好香啊，一股肉味！」子安嚼了幾下，眼睛一亮，喊道：「裡面竟然還有肉！」

這是吃到裡面的肉皮了。肉凍是用肉皮熬出來的，裡面放了許多調料，自然美味。

紀婉兒笑著點頭說：「對，裡面這個小塊的是肉皮。」

雲霜看了盤子裡的肉凍一眼，轉頭對紀婉兒道：「好吃。」

若說她最討厭豬哪個部位，當數肉皮。往常在老宅時，伯母買來的肉也會帶一些肉皮，那些地方並沒有處理乾淨，上面還留有豬毛，光看就讓人食慾大減。

可今日嫂子熬的肉皮乾乾淨淨的，還特別好看，瞧著就讓人心生喜悅，味道也好極了，吃到嘴裡滿口肉香。

「你們若是覺得好吃，下回咱們去鎮上時再買些熬著吃。」

「嗯！」子安與雲霜應道。

蕭清明吃了一塊肉凍之後就埋頭吃起了面前的麵。若說他最喜歡吃什麼，那還是麵。雲霜和子安也餓了，吃了幾塊肉凍嘗鮮，就開始認真吃麵了。吃兩口熱呼呼的麵條，再吃一口鮮香肉凍，別提有多滿足了。

那一邊吃得其樂融融，這一邊也很歡喜。

紀婉兒說給得不多，但其實有滿滿一碗肉凍，若拿盤子盛，估摸著能鋪滿。這種吃食著實新鮮，大家都沒見過，只是覺得很香，尤其是蒜香味與麻油香。

「娘，好香啊，放麻油了嗎？」孫杏花的七歲女兒滿兒問道。

「這是啥，怎麼沒見過？」蕭大江好奇地看著肉凍。

「我也不知道是啥，隔壁送來的。」孫杏花剛剛已經看了一陣子，沒能看出是啥；這會兒又觀察了一下，還是沒頭緒。「說是用豬皮做的。」

「豬皮？怎麼還能做成這樣？」蕭大江著實不解。

孫杏花也不知道為啥豬皮能做成這種料理，裡面那個白色的看起來像是肉皮，但其他部分是啥，怎麼猜不出來呢？

「嘗嘗吧，聞著倒是怪香的。」孫杏花道。

說完，他們三個人奮力挾起嫩滑的肉凍來嘗了嘗。

「好好吃啊，娘，這有一股肉味！」滿兒驚喜地說。

她已經好久沒吃肉了，平時她總是盼著過年過節，因為只有那時候家裡才能嘗到一點肉味，可今日什麼節慶都不是，竟然也有肉能吃。

蕭大江個性老實，也不太會說話，雖然覺得好吃，卻只是沈默地點了點頭，算是回應女兒的話。

孫杏花也驚訝不已。這東西只有一點點肉皮，吃進嘴裡卻是滿口肉味，而且調料放得足，味道非常好。

看見大家都在吃，還邊嚼邊稱讚，孫杏花一歲多的兒子遠哥兒忍不住也想吃，可他不會用筷子，手中的勺子更是撈不起肉凍。試了幾次弄不到手，遠哥兒開始咿咿呀呀地鬧了起來。

這是生下長女之後時隔六年才有的兒子，孫杏花自然寶貝得很，她連忙弄碎肉凍，餵到了兒子嘴裡。

終於嘗到了好吃的東西，遠哥兒開心地露出笑容。見他笑了，家裡其他人也跟著笑。

吃著吃著，幾個人越發好奇，不斷猜測這肉凍是怎麼做出來的。

「我活了二十多年，還是第一次見到這種東西。」孫杏花感慨。「怎麼做出來的呢？還能這麼結實，挾起來也不碎。孩子的爹，你說裡面是不是放了啥？」

蕭大江搖了搖頭。他很少做飯，媳婦兒猜不出來，他就更不可能知道了。「清明媳婦兒不是從京城來的嗎？大概是那邊的吃食吧。」

他們生活的這個區域不大，紀家是從京城來的這件事，十里八村都知道，更何況那個紀婉兒每回吵架時，總喜歡把這話掛在嘴邊，顯得自己特別高人一等似的。

孫杏花也是這麼想的，她點了點頭道：「京城來的就是不一樣，會得多。」

滿兒雖然年紀小，也知道她娘跟隔壁嬸娘不和的事情，便道：「娘，嬸娘怎麼給咱家送東西了？」

這事不光女兒好奇，蕭大江也覺得奇怪。

孫杏花回道：「說是謝謝咱們給她家補了屋頂，她最近確實跟從前不太一樣了。」

說著，孫杏花把下午紀婉兒的說辭告訴了家人，大家本性都很淳樸，聽完之後並沒有懷疑什麼。

滿兒開心地說：「太好了，我又可以去找小姑姑玩了。」

她口中的小姑姑就是雲霜。之前兩家鬧了矛盾，她也不敢再去隔壁，這下可算是解禁了。

吃飯的中途，外頭就滴滴答答下起了雨，雨勢不大，淅淅瀝瀝的。

雖說今日剛剛修補好屋頂，可紀婉兒還是不放心，洗刷完碗筷，她就去各處檢查了一下。也不知是屋頂補好了，還是剛下雨的關係，暫時沒發現漏雨的地方。她想著等明日一早起來再查看一次，若有漏雨的地方，就動手再補一補。

這一轉悠，紀婉兒發現了其他問題——雲霜和子安的床實在太簡陋了。

想買一張新床，她手裡的錢肯定是不夠的；可要自己做，她又不會……唉，錢真的是個好東西！

罷了，還是先解決溫飽問題吧，等吃飽了、賺了錢，再想別的。

最後紀婉兒回到自己的房間，仔細確認過沒有漏雨的地方，她才洗漱一番躺床上去了。

或許是因為下雨，蕭清明今日回來得早一些，紀婉兒還沒睡著。

瞧他進進出出地往房間拿盆子，再看他放盆子的地方恰好是今日補過的地方，她頓時明白了。原來她之前躺在床上的時候，就是聽到他來來回回放盆子的聲響啊……

「相公，今日下午我跟杏花嫂子他們已經補好屋頂，今晚你不會淋雨了。」

相公這個稱呼實在是……蕭清明的臉又紅了。好在屋內黑暗，紀婉兒看不清他的臉龐。

不過……她竟然會為了他補屋頂？他還記得之前漏雨時，她可是罵了他好幾日。「怎麼……怎麼沒叫我？」

雖說蕭清明只知道死讀書，其餘萬事不理，不過紀婉兒是真的想過讓他來幫忙的，畢竟她完全不知道該怎麼做才對。

至於為了蕭清明補屋頂？沒這種事，紀婉兒只是嫌棄房間裡進水了地上會潮濕泥濘，讓人很不舒服而已。

「杏花嫂子說怕打擾你讀書，正好大江哥在家，他就過來了。」

蕭大江和蕭清明二選一，紀婉兒自然選擇前者，她真怕蕭清明屋頂沒補好，又踩出了新的洞。

「喔。」她跟從前是真的不一樣了。儘管早已有所感觸，蕭清明還是忍不住再確認一次自己的觀察結果。

紀婉兒不知蕭清明心中所思，自從看過雲霜和子安睡覺的地方，她現在滿腦子想的都是怎麼多賺點錢。

她前世就喜歡烹調料理，從蕭家幾人的反應來看，她做飯的手藝即使在這個時代也是不錯的，甚至比前世更受人歡迎。

既然如此，她打算從吃食著手，作為賺錢的起點，例如擺個攤子賣麵；或是做些小吃，賣涼皮、煎餅果子、肉夾饃之類的；再不然，炒些菜來賣或販售糕點甜食也行。

不過這些想法，很快就被她自己一一否決了。

若是真想去賣麵，肯定得去外面擺攤，到時候少不得要一個爐子，還要準備木炭跟買個合適的鍋。這些東西很沈，而且都得拉到鎮上去，免不了需要一輛大推車……

蕭清明給的那兩樣銀飾，紀婉兒並不打算動用。再過幾個月，蕭清明就要去參加考試了，出門在外，沒錢可不行。目前她手中能動的只有六百多文錢，這樣創業資金太少了，行不通。

退一步講，就算手中的創業資金足夠，買得起那些生財器具跟大推車，這麼多東西她也很難拉到鎮上去。

前世紀婉兒就沒怎麼幹過活，體質一般般，原主又嬌生慣養，力氣著實有限。蕭清明不可能跟她一起去，兩個孩子太小，也派不上用場。

再說涼皮，如今天氣還有點冷，買的人怕是不多，等到天熱起來了，倒是可以考慮；煎餅果子也需要爐子，肉夾饃成本又太高，這邊的人消費水準太低，賣不起來。

糕點甜食就更不可能了。糖著實金貴，她做出來的東西再好吃，吃得起的人也不多。要是去了規模大一些的城鎮，倒是可以考慮開個甜品鋪子，到時候定能賺不少錢。

目前最合適也最負擔得起的，還是成本低、易攜帶的吃食生意……想著想著，聽著屋外的雨聲，紀婉兒漸漸睡著了。

雨打在茅草屋頂上，干擾了蕭清明的思緒，他忍不住看向躺在床上的那個人。

此時一道轟隆隆的雷聲響起，蕭清明猛然驚覺自己失態了，他連忙收回了視線，閉上眼，開始回顧今晚看過的書。

雖然昨晚思考了許久也沒結果，第二日，紀婉兒還是跟平時一樣早早起床了。

窗外沒了雨聲，空氣裡瀰漫著雨水沖刷泥土的清新香味。雖然還有些涼意，卻讓人神清氣爽。

蕭清明已經起床離開了，紀婉兒環顧周圍，房內雖然潮濕，但沒有漏雨的地方，她便放下了心來。

賣吃食的事不急在這一、兩日，她可以慢慢考慮，若實在想不出來，她也可以先賣賣昨天做過的肉凍。透過她的記憶以及其他人的反應，她知道這東西在這邊暫時沒人會做，肉凍的成本低，賣個幾日應該能賺些錢。

穿好衣裳、洗漱完，紀婉兒去了堂屋，打算處理買來的豬骨頭。她一進去，雲霜就醒了過來。

「吵醒妳了？」紀婉兒小聲問道。

「沒有，我睡醒了。」說著，雲霜就輕手輕腳地起床了。下床後，她為子安蓋好了被子。

洗漱過後，雲霜就蹲在紀婉兒身邊，看著她打理食材。

「嫂子，今日飯怎麼做這麼早？」經過這些時間的相處，雲霜漸漸敢主動跟紀婉兒說話了。

「一會兒咱們熬些大骨湯喝，這東西費時，得很久才能好。」紀婉兒道。

「嗯。」雲霜托著下巴點了點頭。

她們今日雖然起得早，但也已過了卯時，天亮了，村子裡時不時傳來雞叫聲。瞧著紀婉兒準備熬湯，雲霜想到了一件事，醞釀了許久，她才說出來。「嫂子，咱們養些雞吧？」

「養雞？」紀婉兒看向了雲霜。

雖說紀婉兒最近不一樣了，但之前她惡毒的模樣已經深深刻在雲霜心裡，此刻見她看著自己，她本能地害怕了起來，後悔說出內心的想法。一定是最近嫂子對她太好，她就不知好歹地踰矩了。

雲霜正想要認錯，就聽嫂子開口了——

「妳想養？」紀婉兒問。

其實紀婉兒是想養雞的，但她不會養，她知曉買回來的雞仔未必都能存活。不過雞仔不貴，若是雲霜想養，買幾隻給她也行。

雲霜抿了抿唇，先是點頭，又搖了搖頭。

紀婉兒知曉雲霜是個內向的孩子，不太敢表達自己的意見，便把語氣放柔和了些，問道：「妳會養嗎？」

她擔心雲霜不曉得養雞的成敗問題，怕養了之後萬一沒存活，到時候難免會令人傷心。

雲霜道：「以前老宅的雞都是我餵的。」

聽到這話，紀婉兒驚訝不已，同時又多了幾分心疼。沒了爹娘，雲霜在老宅的日子比她想像中還要難熬。

「我家雲霜真厲害，還會養雞。」

被紀婉兒稱讚，雲霜有些害羞，臉紅了起來。養雞實在是再簡單不過的事情，為了這種小事被誇，她真的有點不好意思。

像是得到了鼓勵，雲霜細細說起從前在老宅養雞的事情，例如每日何時起床餵雞、雞多大的時候該餵牠們吃什麼等等。

說完，她表達了自己的真實想法。「……雞吃不了多少東西，可長大以後一日能下一顆蛋。一顆雞蛋要半文錢，這樣能省好些費用。」

紀婉兒總算明白雲霜的意思了。這孩子竟然是為了替她省錢？可真是太懂事了！

正好，她也想再去鎮上轉轉，琢磨一下要賣什麼吃食。「好，咱們一會兒就去鎮上買些雞仔回來。」

第十章　牽扯不清

自己的提議得到了回應，雲霜開心極了，不過有些話她還是得先跟嫂子說一說。嫂子一看就沒養過雞，怕是不知曉其中的風險。

「只是……只是買回來的雞仔並不一定都能長大。」說這話時，雲霜緊張地捏住了衣角。她怕到時候雞仔死了，嫂子會不高興。

「沒關係，能養活幾隻是幾隻。」紀婉兒當然知道這種事，反過來安慰她。

兩人聊著聊著，豬骨頭處理好了。

紀婉兒把豬骨頭放入鍋中煮開，去掉血水後沖洗乾淨，之後再次往鍋裡加水，放入豬骨頭、蔥、薑，用小火慢燉。

看著外面的地，紀婉兒對著雲霜規劃起來。

「咱們把雞仔放在廚屋這邊，妳兄長要讀書，儘量別吵到他。」她又指著另一側的地說：「那邊可以把地翻一翻，種些菜。」

現在是春天，萬物復甦，正好是種菜的好時節。紀婉兒種不了米，種些菜還是可以的。

「屋後也種一些，這樣就能省不少錢了。」

雲霜安靜地聽著，時不時在一旁點頭，說著說著，門邊出現了一個人。

只見子安揉著眼睛，嗓音沙啞地問：「嫂子，妳鍋裡燉了啥，怎這麼香？」

紀婉兒瞧他衣裳沒穿好，鞋子也沒套上，便問道：「你這莫不是聞到味道才醒的？」

子安嚥了嚥口水，有些不好意思地說：「我夢到了昨日吃的肉，就醒了。」

紀婉兒嘴角不禁上揚，一旁的雲霜也忍不住看著弟弟笑。

「鍋裡燉了豬骨頭，得再等等才能喝。」紀婉兒道。

一聽這話，子安的雙眸立刻亮了起來，說道：「真的能日日吃肉啊？嫂子妳不是騙我的？」

「沒騙你，快把衣裳穿好，仔細別凍著了。」

「嗯！」

這個早上紀婉兒打算就讓大家喝大骨湯，再熱一熱饅頭、加道菜當作一餐。大骨湯要熬許久，她交給雲霜盯著，趁著這個工夫，她去做了些醃菜。

白蘿蔔切成絲，撒上鹽，半個時辰後，擠出裡面的水。起鍋燒油，在鍋裡放入蔥、薑、蒜、八角與花椒等調料，再把調過味的熱油往白蘿蔔絲上倒，最後淋上一些白糖、醋與醬油。

等到大骨湯熬得差不多了，紀婉兒就熱起了饅頭，很快的，大夥兒都坐到了餐桌前。且不說大骨湯有多營養，首先味道就不錯了，有肉類的濃郁香味。
從前伯母都拿豬骨頭來燉菜，燉完菜以後只讓她啃骨頭。她今日才知道，豬骨頭熬出來的湯這般鮮美，所以不是這東西不好吃，是伯母的做法不對。
「真好喝。」雲霜讚道。
「鍋裡多得是，多喝兩碗。」紀婉兒笑道。
雲霜和子安許久沒嘗到肉味，吃了兩日也不膩，頓頓餐點的注意力都放在肉上。
蕭清明倒是極喜歡紀婉兒做的醃菜，一口饅頭一口醃菜，再喝一口湯，清清爽爽又舒舒服服的。

吃過飯，紀婉兒帶著兩個孩子出門了。她雖然不懼村裡的流言蜚語，可也不想再跟上回一樣在眾人面前走秀，出門前她先讓子安去探了探路，得知此時村裡沒多少人，這才前往目的地。
等到了鎮上，他們先去買雞仔，這件事全交給雲霜決定，紀婉兒就是個付錢的。雲霜見嫂子這般信任她，心裡很是高興。
買好了雞仔，三人又去購買蔬菜種子和饅頭，隨後繼續在鎮上逛逛。鎮上並不大，紀婉兒又是來考察市場的，因此很快就逛完了。

紀婉兒大概已經了解鎮上有哪些小吃攤、哪些吃食賣得好，對於要做什麼來賣，她心中已有了想法。

再去鋪子採購一些食材以後，他們就打算離開。突然間，一名年約弱冠、膚色白皙、身形略微肥胖、腿有些跛的男子，跑到了紀婉兒面前。

紀婉兒著實被嚇到了，更可怕的是他接下來說出口的話——

「婉兒，我足足等妳一個月了，妳怎麼現在才出現啊，妳再不來，我就要去妳家找妳了。」

紀婉兒一臉訝異，心想：什麼鬼？這是誰啊？認錯人了吧?!

原主是跟著京城一個富商跑的，那個人還沒出現，面前這人帶著濃重的當地口音，絕不可能是那個富商。

「嫂子？」雲霜緊緊握著弟弟的手，警惕地看著面前的兩人。

紀婉兒回過神來，連忙對這名男子說道：「抱歉，你怕是認錯人了，我不是你要找的人。」

錢二福長這麼大，從未見過比紀婉兒更漂亮的姑娘，而且她不僅生得貌美，說起話來也嬌滴滴的。

距離上次兩人見面，已經是三個月前的事情了。這三個月當中，頭兩個月他一直待在家裡養傷，到了最近這一個月，他實在是想紀婉兒想得緊，不顧腿傷還沒好，日日找時間來這邊等候，看能不能遇見她。

縱然她之前跟他強調過，絕不能在大庭廣眾之下跟她說話，他還是不顧一切衝出來找她了。

「妳是不是怪我上次沒給妳買鐲子？我已經攢夠十兩銀子了，全都給妳，妳要啥我都買！」說著，錢二福把手中的銀子遞到了紀婉兒面前。

真的是十兩銀子……別說是村裡，就是在鎮上，一般人家也沒辦法隨便就拿出這麼一筆錢來。再看他身上穿著繡有花紋的棉布衣裳，一看就知道不便宜，這人還挺富有的。

紀婉兒皺了皺眉，正欲開口否定他說的話，然而當這個念頭一出來，關於他的記憶，就慢慢地浮現在她腦海中。

「錢……錢二福？」

「婉兒，妳終於想起我了！」錢二福激動地說。

瞧著雲霜和子安的眼神，紀婉兒有些頭疼，恨不得當場暈過去。

這位大概就是她剛穿過來時，腦子裡一閃而過的人吧。這是書中並未提到的、原主遇到京城富商之前勾搭的男子，只是……

她覺得跟當時閃過的人影不太像，似乎是他，但又不是他。

錢二福，錢家村地主家的兒子，向來不喜歡讀書，整日只知道吃吃喝喝，不過是見了原主一面，就傾心於她。

得知她已成親，夫婿會讀書且前途無量，錢二福便不敢踰矩，孰料原主竟主動找他攀談。這一來二去，錢二福就對原主死心塌地，她要他買什麼他就買什麼，讓他幹什麼他就幹什麼。

好在原主只是在言語上勾搭錢二福，並未讓他占過什麼便宜。當然，最主要的理由是原主嫌他窮，並未真的看上他。

原主畢竟在京城侯府待過，見過真正的有錢人，即便錢地主家在鎮上是排得上名的富翁，也沒能入原主的眼，她與他相處了約莫一個月便厭煩了。

「抱歉，錢公子，你應該是誤會了什麼，我上回已經與你說得很清楚，往後咱們還是莫要再見面了。」

錢二福瞳孔瞬間一縮，絕望地喊道：「婉兒，妳在說什麼?!」

紀婉兒很清楚錢二福的性子，他事事都以原主優先，雖然沒什麼本事，但心思比較單純，好對付。

見周圍的人愈來愈多，紀婉兒低聲道：「你若是不想害死我，就趕緊走。」

錢二福想拉住紀婉兒，但見她瞪了過來，他沒敢伸出手，只是呆呆地站在原地。

紀婉兒連忙拖著兩個孩子遠離錢二福，直到走出鎮上才鬆了一口氣。

這都什麼跟什麼啊，她本以為避開書中那一位就不會有狀況了，沒想到還有這等糟心事！

走了一段路之後，紀婉兒才發現雲霜和子安一直沒說話——壞了！剛剛那一幕，他們姊弟倆都看到了。

蕭清明黑化的原因大概有兩個，其一是紀婉兒給他戴了綠帽子，其二是弟弟弄丟了。沒了京城富商，還有地主家的小少爺，這不一樣是給他戴綠帽嗎？萬一這件事傳到了蕭清明的耳朵裡，不就麻煩了?!

紀婉兒停下腳步，望向身旁的姊弟二人，見她停下來，雲霜和子安也看向她。子安還好，可雲霜這麼大了，怕是已經明白了什麼。

「那人嫂子認識。」紀婉兒剛才已經叫出了錢二福的名字，此刻想不承認也不行。「可那都是從前的事了，現在我只想跟你們兄長好好過日子，前陣子那場病，真的讓我醒悟了。」

雲霜想到嫂子最近的變化，偷偷鬆了一口氣。她其實早就聽說過嫂子在外面的那些事，也親眼見過……但她從來沒對誰說。

現在雲霜非常非常肯定，嫂子確實跟從前不一樣了。「嫂子，我相信妳。」她認真地說。

紀婉兒緊繃的肩膀稍微放鬆了些，說道：「那今日的事情，可不可以不要告訴你們兄長？」

「嫂子放心，我和弟弟都不會說的，不光不告訴哥哥，誰也都不說。」雲霜說道。

紀婉兒信得過雲霜，輕輕點頭應道：「嗯。」

雖然得到了雲霜的保證，紀婉兒內心還是有些不平靜，回家看到蕭清明以後，她莫名其妙有些心虛。

吃飯的時候，紀婉兒時不時就要看蕭清明一眼，結果意外發現他的耳根在她的注視下慢慢紅了起來。蕭清明端起碗來吃飯時，還偷偷瞥了她一眼，見她在看他，連忙收回了眼神。

面對蕭清明那純淨的眸光，紀婉兒感覺整顆心為之一揪。

想到早上在鎮上發生的事情，她覺得有些愧疚，彷彿自己做了什麼對不起他的事情一樣，同時心中也產生了一絲絲疑惑。

跟蕭清明相處了這些時日，紀婉兒基本上能摸清他的性子了。

蕭清明是一個心思非常單純的人，又有些害羞內斂，他眼中除了讀書，再無其他。無論是之前原主欺負雲霜和子安，或是他們昨日補屋頂，他都不知道，當然，他對原主的厭惡也表現得非常明顯。

這樣的人，真的會因為原主突然離開而黑化，徹底改變自己的性格嗎？

如今在她面前的蕭清明，著實跟書中所寫的不像是同一人。不知是突逢巨變還是其他什麼原因，才令他完全變了個樣。

不過，既然書中沒提過錢二福，想必對劇情和人物的結局影響也不大。

想了半天都沒頭緒，紀婉兒索性把內心的疑惑擱在一旁。將剛才在鎮上買的黃豆泡在盆裡，她就去處理雞仔跟種子了。

紀婉兒和雲霜、子安在院子圈出一塊地，去竹林砍了些竹子做成籬笆，把這塊地圍了起來，為了方便人進出，還造了道小門。他們又去外頭找了些茅草，弄了一個雞窩，把雞仔們放在裡面。

雲霜既然有經驗，照顧雞仔的事情紀婉兒就交給她了，接下來她開始整地，準備在院子裡種些蔬菜。即便之前已經清理過了院子，地上難免還是有些雜草，子安和紀婉兒一起拔了起來。

後半晌，紀婉兒帶著兩個孩子繼續收拾院子，拔完雜草，她又拿著鋤頭翻了翻地。瞧著時辰差不多了，紀婉兒便去刷洗放置在角落的石磨。

蕭家村幾乎每戶人家都有石磨，村子裡更是有個大石磨，因為要磨麵粉和大米。原主根本不可能用這種東西，分家時也沒分到糧食，他們一向是去鎮上買的。

將石磨刷洗乾淨之後，紀婉兒把泡好的黃豆端了過來。

「嫂子，咱們晚飯要吃豆子嗎？」雲霜問道。

紀婉兒想了想，說道：「是，也不是。」

雲霜聽到她的回答後，不禁面露糾結之色。

「嗯，怎麼了？」

「嫂子，豆子吃多了肚脹。」

紀婉兒訝異地挑了挑眉。她自然知道黃豆吃多了會脹氣，令她驚訝的是，這跟原主的記憶有些出入。

原主幼時在京城吃過、也常見到豆製品，若說這裡的人是因為容易肚脹而不太吃豆類，那就能解釋為何她剛剛在鎮上沒怎麼看到豆製品了。

「咱們今日不吃黃豆，吃些用黃豆做的美食，豆腐腦，妳吃過沒？」紀婉兒試探地問道。

根據她在鎮上的觀察，那裡完全沒有豆腐腦的蹤影，便推測應該沒人賣，只要沒人賣，那就有市場獨占性，能多賺些錢。

「豆腐腦？」雲霜滿臉驚訝，她搖了搖頭說：「沒聽過。」

她只知道黃豆能磨出油，能做成豆腐，還知道粥裡面可以放黃豆，但他們這邊很少吃豆製品，她從未聽說過豆腐腦這種吃食。

紀婉兒之所以關心這個話題，是因為她打算賣豆腐腦。

她選擇豆腐腦這種吃食，一是方便，不用時時帶著爐子和鍋子，相對較為輕巧；二是在鎮上沒看到；三是她前世做過，而且在原主的記憶中，曾在京城侯府吃過。

雖說雲霜不知道豆腐腦，但是這種東西從很早之前就有了，大概是因為傳播不便，或是這邊的人不喜吃豆製品，所以才沒人賣。不過好在這裡還是有豆腐，所以能買到做豆腐腦需要的材料。

瞧著雲霜的反應，紀婉兒對於要賣的吃食更有信心了一些。

這邊做豆腐腦用的東西跟紀婉兒前世用過的有點不一樣，她不知道能不能做得好，所以她沒做太多，只磨了稍微超過四個人晚餐吃的量而已。

她一邊磨豆一邊加水，然後濾掉豆渣，再把過濾好的豆漿倒入鍋中熬煮。濾出來的豆渣也沒扔掉，而是放到了一旁。

煮了一會兒，豆香味飄了出來。雖說雲霜不喜歡吃豆子，但這味道很好聞，她還是很受吸引。

「好香啊。」雲霜吸了吸鼻子道。

紀婉兒也很享受黃豆的清香，說道：「一會兒盛出來，你們先嘗嘗。」

沒多久，豆漿煮好了，紀婉兒全都盛了出來。她勻出兩碗，又往裡面加了些糖，給雲霜和子安一人一碗。

「顏色真漂亮……」雲霜看著豆漿說道。

子安好奇地問道：「嫂子，這是啥？」

「豆漿，非常有營養，快嘗嘗。」紀婉兒說。

既然放了糖，肯定很好喝吧……子安心想。他慢慢喝了一口，驚喜道：「哇，好甜，好好喝！」這比他想像中還可口呢。

紀婉兒朝子安笑了笑，又看向雲霜問道：「怎麼樣，喜歡嗎？」

雲霜笑著點了點頭，說：「好喝。」

紀婉兒總算放心了，只要做得好，豆製品在這邊也會受歡迎。

接下來就是點漿，紀婉兒一邊點一邊攪動，點完後放在一旁靜置，然後她拿過了豆渣。有很多人不吃豆渣，直接扔掉，但它其實是好東西，有豐富的營養價值。

往豆渣裡加入一些胡蘿蔔丁、切碎的蔥花與調料拌勻，再打入一顆雞蛋，加入適量的麵粉。這些攪拌在一起後，紀婉兒抓起一小塊來弄成餅狀。

起鍋燒油，將這些小餅一個個放入鍋中。鍋中有油，餅中有雞蛋，再混合豆渣的味道，形成一種很獨特的香氣。

豆漿有些熱，雲霜跟子安還沒喝完，此時聞到鍋裡的香味，他們的注意力立刻轉移了，全都盯著鍋裡看。

第十一章　初試啼聲

等豆渣餅煎到兩面金黃，紀婉兒就盛出來給雲霜和子安各一個。雲霜馬上拒絕，子安則是爽快地接了過去，見弟弟接了，雲霜猶豫了一下後也接過了餅。

接著，紀婉兒又動作迅速地做了一些豆渣餅。

「這餅真好吃。」雲霜驚訝地說道。她原以為豆子味道不怎麼樣，沒想到用這種方法做出來竟然格外美味，原來不是豆子不好吃，而是做的方法不對。

「嫂子做啥都好吃……」子安吃得腮幫子鼓鼓的。

聽到孩子們喜歡，紀婉兒也很開心。

此時，靜置在一旁的豆腐腦也差不多好了，紀婉兒直接用做菜的鏟子盛出了豆腐腦。她沒做滷子，簡單調了個料汁，把豆腐腦做成鹹口的。

瞧著豆腐腦的模樣，雲霜和子安都愣住了。

「嫂子，這是啥啊？這麼好看。」子安呆呆地問道。姊姊和嫂子在廚屋忙的時候，他溜出去玩了一下，並不知道嫂子要做啥。

「這叫做豆腐腦。」

「豆腐腦？豆腐還有腦子？」子安一臉震驚。

這話把紀婉兒逗笑了，她回道：「不是，是用黃豆做出來的吃食，細嫩如腦，故有此名，一會兒你嘗嘗就知道了。」

盛好四碗後，盆子裡還剩下一些。紀婉兒朝碗裡滴了一些麻油，端上桌。

豆腐腦的賣相著實高，連一向對吃食不怎麼在意的蕭清明都訝異地看著面前的豆腐腦。

紀婉兒一人給了一根勺子，催促道：「快趁熱嘗嘗吧。」說著她就舀了一勺豆腐腦，吹涼以後放入口中。

嗯，雖然調料有點不足，但味道還行，算是做成功了。

「滑滑的，真好吃。」子安驚喜地說道：「有點像豆腐，又不太像。」

雲霜吃了一口，在一旁輕聲說道：「比豆腐好吃多了。」

至於蕭清明……紀婉兒發現他又去廚屋盛了一碗，豆渣餅也沒少吃，他已經用實際行動說明他喜歡豆腐腦了，她不必多問。

紀婉兒覺得這個吃食可以賣了，不過賣歸賣，有些事情得考慮清楚才行。

隔天一早，紀婉兒又去了鎮上，這回她也把自己裹得嚴實，小心地觀察周圍，生怕再遇到那個錢公子，好在今日沒看到他。

這次她買了幾斤黃豆跟幾只碗，又買了一些食材和調料。回家之後，紀婉兒洗了洗家裡的桶子，又修理了一下放置在一旁的小推車，拿去井邊沖了沖。

做完這些，紀婉兒又去翻地了。她將翻好的部分又整了整，敲碎大塊的土，把地弄成一壟一壟的，朝裡面撒上一些蔬菜種子，剩下的地再慢慢翻。翻地是個辛苦活，不是一時半刻能做完的。

到了晚上，紀婉兒泡起了黃豆。想到明日要去賣豆腐腦，她很早便就寢。

蕭清明回房以後，收拾好東西就躺下了，一蓋好被子，視線又不受控制地掃向了床上。最近不知道是怎麼回事，他總是忍不住悄悄看她。

她不僅跟弟弟妹妹的關係變好，做的飯也很美味，而且幾乎頓頓都有肉或雞蛋，這些東西應該花了不少錢吧……

蕭清明眉頭微蹙，陷入了沈思。

第二日，蕭清明起床後，紀婉兒也醒了。

雲霜知曉嫂子要去賣豆腐腦，也早早起身，連帶著子安也是。紀婉兒本想要自己一個人去的，沒想到兩個孩子都來了。

「起這麼早，不睏嗎？」紀婉兒問。

雲霜搖了搖頭道：「不睏，從前在老宅那邊起得比現在還早。」

有雲霜幫忙，紀婉兒做起事情就輕鬆多了，兩刻鐘左右，她就做好了豆腐腦和豆渣餅。

將東西裝上小推車後，紀婉兒特地回房找出自己最破的一套衣裳，上面打著兩個補丁，是平日幹活才穿的，接下來她把頭髮全都盤到頭上，上面再裹一條布巾。

紀婉兒對著井裡的水照了照，這樣打扮，看起來至少老了五、六歲，也土氣了不少，她很滿意。

原主這相貌，放在京城可能還沒什麼，但在這小地方還是挺出眾的，一個不小心就可能會惹事。

「嫂子，妳怎麼穿這套衣裳？」子安好奇地問道。出門不都是要穿新衣嗎？

紀婉兒胡亂扯了一個藉口。「咱們是出去賣吃食的，要是穿太好，怕人家覺得咱們有錢，就不買了。」

雲霜卻是聽進了心裡，她本想穿上次紀婉兒買給她的新衣，但是出門之前，她就拉著弟弟回屋換上了滿是補丁的衣裳。

看到他們的穿著打扮，紀婉兒很是驚訝，雲霜便解釋道：「嫂子買的衣裳太好，我跟弟弟怕弄髒了。」

紀婉兒琢磨了一下，說道：「也是，咱們賣吃食的，難免會沾到。」

說到底，還是衣裳太少了，等賺了錢以後，她一定要給兩個孩子買幾件新衣！

前往鎮上的路途中，雲霜和子安幫忙紀婉兒推小推車。

雖說他們比往日早起，但以賣吃食的生意來說不早了，好位置都已經被人占走，紀婉兒便找了個巷子口，放下小推車。

雲霜和子安從來沒做過這種事，兩人都有些緊張。不說他們，紀婉兒的精神也很緊繃，她也是第一次出門做生意，但是為了生存下去，她顧不了那麼多了。

聽著耳邊傳來賣饅頭、包子跟麵條的聲音，醞釀了片刻後，紀婉兒開口了——

「豆腐腦……」她喊出了第一聲，音量有點小，也不夠有氣勢。

萬事起頭難，既然起了頭，後面就放得開了。

「賣豆腐腦！」紀婉兒大喊道。有些話大概是前世聽得多了，她不自覺地就說了出來。「好吃不貴的豆腐腦，走過路過不要錯過，大家快來看一看、嘗一嘗！」

此話一出，路過的人果然停下了腳步，有名年輕男子問道：「豆腐腦？那是啥東西？」

紀婉兒掀開桶蓋，指了指裡面的東西道：「就是這個。」

那年輕男子吸了吸鼻子，說道：「還挺香的，一股豆子味，跟豆腐還挺像的嘛。」

「對，就是用豆子做的。」

「這怎麼賣？」

「兩文錢一碗。」

「這麼貴！」

「豆腐腦上面會澆一勺滷子，裡面有雞蛋、香菇、木耳。」說著，紀婉兒打開了旁邊的一個小盆子。

年輕男子得知裡面會加雞蛋，頓時覺得這一碗賣兩文錢也不算太貴。

瞧著面前的人念頭似乎有些動搖，紀婉兒便拿出做好的豆渣餅。「今天第一日賣，買一碗就贈送一個雞蛋豆渣餅。」

她是刻意加上「雞蛋」兩個字的，這樣對客人來說才有吸引力。餅一直蓋著保溫，現在還是熱的，一打開，蛋香和豆香就飄了出來。

年輕男子本就愛吃豆腐，想嘗嘗沒吃過的豆腐腦，這會兒再聞到免費贈送的餅也這麼香，當下決定買單。「來一碗吧。」

一聽到這話，雲霜和子安都露出了笑容；紀婉兒沒想到事情這般順利，她也很開心，但沒表現在臉上。

第一筆生意，就這麼成了。

紀婉兒從桶子裡盛出一碗豆腐腦，往上澆滷子。這滷子是紀婉兒一大早起來做的，除了昨天來鎮上買的香菇和木耳，還打了雞蛋，再放入她做的調料。

東西還沒吃進嘴裡，光是香味就讓人受不了了，年輕男子的肚子咕嚕咕嚕地叫了起來。他是個讀書人，肚子這麼叫著實有些失了體面，他不禁不好意思地捂了捂肚子。

紀婉兒像是沒聽到一般，繼續盛滷子。

這邊正盛著呢，旁邊又湊過來一個抱著孩子的中年婦人，她看著滷子問道：「這是啥？雞蛋湯嗎？怎麼賣的？」

紀婉兒把淋好滷子的豆腐腦遞給了年輕男子，對中年婦人道：「嬸子，這不是湯，是淋在豆腐腦上的滷子，這碗豆腐腦兩文錢一碗。」

「豆腐腦？」中年婦人一臉疑惑。

紀婉兒又對中年婦人解釋起來，在她說明的時候，雲霜已經用油紙包好雞蛋豆渣餅，遞給了年輕男子。

「這東西會好吃嗎？」中年婦人皺著眉頭看著桶子裡的豆腐腦說：「一股豆子味。」

雲霜緊張地看向中年婦人，又看了看自家嫂子，見嫂子嘴角依舊掛著笑容，她微微怔住了。嫂子的脾氣，真的比從前好太多了。

雖然中年婦人露出嫌棄的表情，紀婉兒卻笑著說：「這正是用豆子做的。」

此時，中年婦人懷裡的小男孩忽然叫了起來。「奶奶，我想吃，我想吃那個！」

面對懷裡的孫子時，中年婦人的語氣立刻變了。「我的乖乖，這東西是用豆子做的，你忘了自己最不愛吃豆子嗎？吃了肚肚脹。」

小男孩卻不依不饒地說：「騙人，豆子是黃的，這是白的，不是豆子！我就想吃，我要吃嘛！」

紀婉兒看了看這兩人，說道：「今天是第一日賣，買一碗免費贈送一個雞蛋豆渣餅，明日就沒了。」

果然，一聽有免費的東西可拿，中年婦人就看向紀婉兒，頗感興趣地問道：「雞蛋豆渣餅？」

「對。」紀婉兒指了指自家的餅。

中年婦人吸了吸鼻子——別說，還真是挺香的。她看蹲在一旁吃餅的年輕男子，瞧他吃得津津有味，似乎很可口……

「奶奶，我要吃我要吃！」小男孩又叫了起來。

「好好好，奶奶買，馬上買。」中年婦人開始哄小男孩。

哄完孩子以後，中年婦人用施捨的語氣對紀婉兒道：「來一碗吧，那啥，滷子裡多放些蛋。」

紀婉兒笑著說：「好，您稍等。」按照中年婦人的要求，她挑了幾大條蛋絲放了進去。

中年婦人投向紀婉兒的眼神頗為滿意，接過了豆腐腦，她就蹲在地上拿著勺子餵起孩子了。

舀起第一勺豆腐腦，中年婦人就發現這吃食極為滑嫩。她還是第一次見到這種東西，有點像豆腐，但又沒豆腐那麼緊實。

用嘴吹了吹手上的豆腐腦，中年婦人把勺子遞到了小男孩嘴邊，看著他張口吞下。

「好吃嗎？」

「嗯，好吃，奶奶，我還要吃。」

「好好好，好吃就行，奶奶盛給你喔。」

見孫子吃得開心，中年婦人的笑容也愈來愈多，她餵孫子一口豆腐腦，再餵一口雞蛋豆渣餅。

見到小孩子吃得盡興的模樣，紀婉兒笑了笑，又吆喝起來。

小孩子胃口小，沒多久就吃飽了，豆腐腦和雞蛋豆渣餅還剩下一些，全進了中年婦人的肚子。吃完以後她還有些意猶未盡，不過她不會再特地花兩文錢買一碗。

離開之前，中年婦人的態度好了不少，說道：「妳這小媳婦兒看著不大，手藝倒是不錯。」

紀婉兒笑著說：「多謝您誇讚，不敢當不敢當。」

那名年輕男子細細品味這兩樣吃食，此時終於吃完了，他看了雞蛋豆渣餅一眼，問道：「這餅怎麼賣的？」

「一文錢兩個。」

「那就再來兩個吧。」

雲霜連忙用油紙包了起來，目送年輕男子拿著兩個餅離去。

這才一會兒，他們就收到了五文錢，雲霜和子安都很激動；紀婉兒卻覺得太少了，雖然有一、兩個人湊過來問，卻再沒有人掏錢買。

為了吸引人群注意，紀婉兒大聲叫道：「開張第一日，買豆腐腦免費送雞蛋豆渣餅！」

這麼一宣傳，注意到這個攤子的人果然多了起來，有人好奇地問道：「送雞蛋豆渣餅？那是啥？」

紀婉兒掀開蓋在餅上的布，立刻溢出雞蛋和豆子混合的香氣。

「好香的餅！」

「妳這是賣啥的，豆腐？」

「不是，這是豆腐腦，用豆子做的，口感非常細嫩，營養價值也高。」

紀婉兒身邊圍了四、五個過來詢問的人，倒是騰不出嘴去吆喝了。

雲霜看著被人群包圍的嫂子，抿了抿唇，退到一旁，深吸了一口氣，學著紀婉兒剛剛的樣子喊了起來——

「豆腐腦，好吃的豆腐腦，買了送雞蛋豆渣餅！」

聽到這聲音，紀婉兒側頭看了站在路口衝著來往的人吆喝的雲霜一眼，心想：這孩子跟平常很不一樣啊……

許是雞蛋豆渣餅太香，豆腐腦這吃食又比較特別，圍過來的幾人當中有兩人付錢買了豆腐腦，而原本只想吃餅的人當中，也有人禁不住誘惑而買了一碗。

吃飯的人漸漸多了，碗筷也要刷洗，雲霜默默蹲在後頭，從桶子裡舀出水洗了起來，此時就換成子安去吆喝了。

來吃豆腐腦的人愈來愈多，太陽也漸漸升起來了，瞧著已經見底的桶子，三個人都露出燦爛的笑容。從起床到現在已經一個多時辰了，他們一直忙得沒辦法休息，雖然疲累，但是看到成果，還是很讓人歡喜。

紀婉兒跟兩個孩子正準備收拾東西離開時，一個身著藏青色棉布衣裳的中年男子匆匆走了過來。

那男子左右看了看，走到了他們的小推車前問道：「豆腐腦是在這裡賣嗎？」

紀婉兒點了點頭道：「正是。」

只見中年男子臉上一喜，說道：「快，給我盛一碗。」

他年輕時曾在京城吃過豆腐腦，如今已經多年沒嘗過味道了，沒想到今日竟然能在家鄉吃到，只不過，接下來紀婉兒的話頓時讓他高興不起來了。

「抱歉，今日賣完了。」

「沒了？」

「對，沒了。」

中年男子的神色寫滿了失望。「我剛剛一知道了就過來，怎麼還來晚了？」他抱怨完，又問：「你們明日還來嗎？」

「來。」

「何時？」

「辰時左右。」

「行，我明日辰時就過來，可別賣完了，記得給我留一碗。」

「好。」

這可真是讓人欣喜的事情，才一個早上就有人預訂了明日的生意！

等所有的東西都放在小推車上之後，紀婉兒笑著說：「走，咱們吃飯去。」

她原本打算讓大家吃賣剩的東西果腹，沒想到賣得乾乾淨淨。

「哇，今天要在鎮上吃嗎？」子安雙眼發亮，充滿了期待。

「對啊，吃肉包子去。」紀婉兒道。

剛剛路過包子鋪時，她就看到兩個孩子流露出了渴望的眼神，別說他們，她聞到味道時也餓了。沒想到做個生意能耽擱這麼久，早知道就應該先買點東西墊墊肚子。

此時已經不是用餐的高峰期，三人去了包子鋪找了位子坐下。素包子一文錢一個，肉包子兩文錢一個，湯免費喝，他們一人吃了一個肉包子，一頓飯就花了六文錢。

子安原本很饞肉包子的，他來鎮上幾回，每次都想來這裡吃，可等到東西真的入口了，他才發現沒想像中那麼好吃，雲霜也有同樣的想法。紀婉兒倒是覺得挺好吃的，就是肉放得太少了，不怎麼划算。

吃飽喝足，三人離開了包子鋪。紀婉兒覺得自己似乎忘了什麼事情，但今日起得太早了，又忙得暈頭轉向，這會兒人有些累，想了一會兒沒想到，她便不再煩惱，離開了鎮上。

回去的路上，紀婉兒笑著跟兩個孩子說：「等咱們多賺些錢，下回再來吃肉包子。」

沒想到子安卻道：「我怎麼覺得肉包子還沒嫂子做的豆渣餅好吃。」

「啊？」

「我也覺得，沒嫂子做的吃食好吃。」雲霜附和道。

這話讓紀婉兒心裡暖暖的，她回道：「好，那下回咱們買些肉，回家嫂子包給你們吃。」

「嗯！」子安開心地點頭。

三個人一路說說笑笑、走走停停，回了蕭家村。

第十二章　忠實顧客

返家之後，紀婉兒將小推車推到了井邊，準備快些把器具沖洗乾淨。放好小推車，她就去廚屋拿絲瓜瓤，結果才剛進去，就看到了蹲在灶臺旁吃饅頭配醃菜的蕭清明。

紀婉兒終於想起自己忘了什麼了——他們三個人吃飽喝足，卻把蕭清明給漏了！

只見蕭清明抬頭看了過來，紀婉兒從他的眼神中瞧出一絲委屈，而且這模樣還真不是普通的可憐……這可如何是好?!

此時子安也跑過來了，他看了自家兄長一眼，驚訝地問道：「哥，這麼晚了，你怎麼還沒吃飯？」

瞧兄長在啃饅頭，想到自己剛剛吃了肉包還嫌棄不好吃，子安突然覺得有些愧疚。

「要不……我給你煮碗麵？」紀婉兒有些尷尬地問道。

蕭清明盯著她看了片刻，抹了抹嘴邊的饅頭渣，垂眸低聲道：「不用了。」

見蕭清明沒生氣，紀婉兒放下心來，笑著說：「嗯，那就等中午做些好吃的吧。」

說罷她就拿絲瓜瓤出去清洗桶子，子安也跟過去幫忙了。

蕭清明先是望著紀婉兒的背影，再看向手中的醃菜和饅頭，頓時覺得不香了。左右離午飯時間也不遠，他將剩下的半個饅頭放回籃子裡，回書房去了。

等器具清洗乾淨，大家便各自休息去了，回房以後，紀婉兒拿出荷包數了數。

今日一共賣了二十五碗豆腐腦，兩文錢一碗，收了五十文錢；豆渣餅做了四十多個，除去免費送的，總共賣了二十個，收了十文錢。所以營業額……一共是六十文錢。

做生意要看成本，而紀婉兒的成本可不低，畢竟她捨得往裡面放些好東西。黃豆、木耳、香菇、雞蛋、麵粉這些她昨晚已經算過了，一共需要二十幾文錢，再算上她用的油、各式各樣的香料與調料，加一加，總成本大約三十文錢。

算完之後，紀婉兒怔住了。這麼說……一個早上賺了三十文錢？她又數了一遍，確實是這個數字。

紀婉兒聽說蕭大江去鎮上上工，一日能賺十五到二十文錢，還不是日日都有機會去做。她這一早上就能賺三十文錢，著實不少了，況且這不過是第一日，相信接下來能賺更多錢。

雖然對自己做的餐點頗有信心，但看著手中的錢，紀婉兒還是鬆了一口氣。至少現在她能肯定一件事，那就是不管以後如何，她都能靠自己的雙手掙錢，在這裡餓不死了。

不過，這三十文錢不是她一個人賺的，若是沒有雲霜和子安幫忙，她賺不了這麼多，這些錢有他們的分。

紀婉兒去廚屋弄了點鍋底灰，在牆上寫下今日賺的銀錢數額，她用阿拉伯數字記錄，旁人看不懂。

忙完這些，紀婉兒就趴在桌上睡著了，這一睡就是半個時辰，一覺醒來，已經快午時了。醒來之後，紀婉兒感覺渾身舒坦，瞧著還沒到飯點，她又去翻地了。

雲霜本來跟隔壁的滿兒在外頭玩，一看見紀婉兒在幹活，她連忙回家，滿兒也跟著過來了。

「嫂子。」

「嬸娘。」

「啊，妳們去玩吧，就這一點活兒，我自己來就行。」紀婉兒道。雲霜還是個孩子，跟著忙活了一上午，估計累了。

「也沒啥好玩的。」雲霜把紀婉兒翻好的地整理了一下，挑出裡面的雜質，又敲碎了大塊的土。

滿兒蹲在一旁看著雲霜幹活，還時不時瞄紀婉兒一眼。她發現自己這位嬸娘真的就像她娘和雲霜說的一樣，跟從前完全不同了，像變了個人似的。

不一會兒，就聽到孫杏花的聲音傳了過來——「滿兒，滿兒！」

蕭家村不大，家家戶戶挨得頗近，孩子通常不會跑遠，所以家裡大人若是要找孩子，多半就是站在家門口喊，這段時日以來，紀婉兒已經聽過很多次了。

「娘，我在這裡！」滿兒轉頭朝家的方向喊道。

紀婉兒家只有籬笆，兩家又離得近，她一喊，孫杏花就聽到了。

「我還以為妳跑去哪裡了。娘有些事情要出去辦，遠哥兒在床上睡，妳回家看著他。」說著，孫杏花走到了籬笆旁。

「欸，好。」說著，滿兒跟雲霜打了一聲招呼，轉身回家去了。

孫杏花倒是沒立刻離開，她站在籬笆旁看了看，對紀婉兒說：「清明媳婦兒，翻地呢！」

紀婉兒點了點頭，回道：「嗯。」

「這是打算種些啥？」

「種點白菜、甘藍、菠菜，再種些黃瓜跟茄子什麼的。」

孫杏花似乎挺滿意這個答案，說道：「嗯，你們家地方大，能多種一些，這樣就不用再花錢買菜了。」

「嫂子說得是。」

接著，孫杏花像是無意間提及似的，問道：「妳早上不在家？」

紀婉兒停下動作，抬頭看著她。

孫杏花說道：「喔，妳前兩日不是送了些吃食過來嗎？我忘了把碗還給妳家了，早上過來還，恰好妳不在家。」

「早上我帶著雲霜和子安去了鎮上。」紀婉兒回道。

孫杏花鬆了一口氣，瞥了雲霜一下，說道：「喔喔，原來跟雲霜還有子安一起啊，那就好那就好。行，你們忙吧，我還有事。」

紀婉兒笑了笑，應道：「嗯。」

她不是沒聽出孫杏花話中有話，只不過對方沒挑明，她就當作沒聽明白了。

過了一會兒，瞧著時辰差不多了，紀婉兒去了廚屋。

今日賺了些錢，紀婉兒打算奢侈一回，做兩道菜，再配上米湯。這兩道菜的食材都是馬鈴薯，一道是清炒馬鈴薯絲，另一道做拔絲馬鈴薯。她其實更想做酸辣馬鈴薯絲，可惜家裡沒有辣椒。

馬鈴薯去皮切絲，放入清水裡浸泡。起鍋燒油，放蔥花、蒜瓣，再倒入馬鈴薯絲快速翻炒，放入白醋跟鹽，出鍋。這道菜紀婉兒前世不知道炒過多少回，很快就做好了。

家裡一共兩口鍋，一口鍋在煮米湯，只剩下正在用的這一口鍋了。鍋洗乾淨以後，紀婉兒沒急著做第二道菜，因為拔絲馬鈴薯要趁熱吃才行，涼了就拔不出絲了，所以她打算等米湯熬好了再做。

過了一會兒，米湯熬好了，紀婉兒把饅頭放在上面熱了熱，接著開始做拔絲馬鈴薯。馬鈴薯去皮切塊，放在清水裡浸泡，洗乾淨之後放在一旁控水。趁著這個工夫，紀婉兒把米湯盛出來端上桌。

蕭清明這回不用人喊，聽到動靜，自己就出來了。

根據上次的情形，紀婉兒琢磨了一下，心想：他這是餓了？

之前已經尷尬過一次，這回被紀婉兒發現，蕭清明倒是從容了一些。他正要開口解釋，就聽紀婉兒道：「相公餓了吧？還有一道菜，等會兒再開飯。」

蕭清明的嘴角微微抽動了一下，這樣他進也不是，退也不是，感覺更尷尬了。

紀婉兒沒察覺到這一點，她趕著去廚屋做拔絲馬鈴薯。

起鍋燒油，把控乾水分的馬鈴薯塊慢慢放入鍋中，用小火慢炸，炸至馬鈴薯塊變成金黃色再撈出來。

在鍋裡留一些油，倒入糖熬成糖漿，再將馬鈴薯塊倒入其中快速翻炒，使每一塊馬鈴薯都裹上糖漿，然後盛出來。

拔絲馬鈴薯要趁熱吃，紀婉兒裝好盤便連忙說道：「走走走，雲霜、子安，吃飯去。」

他們走到堂屋門口，才發現蕭清明站在那邊。

「快來快來。」紀婉兒很自然地招呼蕭清明，見他呆呆地站在那裡，她下意識伸手扯了扯他的衣袖。

蕭清明像是著了魔一樣，有如石化一般立在原地，一動也不動，等紀婉兒和兩個孩子坐到飯桌前了，蕭清明還沒反應。

「快來啊，這菜涼了就不好吃了。」紀婉兒沒發現蕭清明的異常，繼續催促道。

蕭清明掃了紀婉兒一眼，低頭看向被她碰過的衣袖，抿了抿唇，走進堂屋。

油是金貴的東西，一般人做飯時油都放得很少，油炸的食物就更少上桌了。糖是比油更寶貴的物品，哪個孩子要是得到一塊糖，恨不得在手裡擱到化了才會放進嘴巴裡，所以拔絲馬鈴薯這種吃食兄妹三人都沒見過。

紀婉兒見他們只是看卻沒動，便親自示範了一番。「挾起來吃就好，得快點，要不然就拔不動，沒絲了。」

這種料理著實新奇，見紀婉兒動筷子了，其他人趕緊學著她挾起馬鈴薯塊。

「哇，好長的絲，好漂亮啊！」子安見糖絲一直扯不斷，乾脆站起身來拉，總算把絲扯斷了。

紀婉兒吃了一口，催促道：「快點吃！」

子安終於不再欣賞拔起來的糖絲，把馬鈴薯塊塞入了嘴裡。「哇，好甜！」他忍不住說道。

瞧子安兩頰的腮幫子都鼓了起來，紀婉兒忍不住摸了摸他的小臉——唔，胖了。

雲霜清楚看到紀婉兒放了多少糖，自然知曉這道菜非常甜，但她沒想到口感竟然這麼好，不光甜，還有些黏牙，跟她原本認識的馬鈴薯完全不同。

「真好吃。」雲霜笑著看向紀婉兒說。

蕭清明雖然沒說話，但眼睛卻微微瞪大了些。很少有人知道他愛吃甜食，他也好多年沒吃過了。上回那個竹筒飯記憶猶新，令他意猶未盡，這回的吃食更甜了。

只是，前幾日是肉，今日是糖，應該花了不少錢吧……蕭清明不由得望向紀婉兒。

紀婉兒不知蕭清明在想什麼，只顧著要他們三人趕緊吃。拔絲馬鈴薯非常甜，又很美味，大家一人一筷子地挾，沒多久就吃完了。

吃完之後，子安舔了舔嘴唇道：「嫂子，這個真好吃啊，我還沒吃過這麼多糖呢，真甜！」

雲霜覺得弟弟說出了她的心裡話。她這輩子活到現在，還是第一次如此奢侈地吃糖，跟從前相比，這陣子她真像是活在一場美夢之中。

「往後嫂子做更多甜食給你們吃。」

紀婉兒沒說糖吃多了不好。因為這個時候糖是非常珍貴的東西，能吃到就不錯了，根本就不會過量。

「嗯。」子安低頭看了看盤子，小心翼翼地問：「嫂子，我能把米湯倒進去嗎？」

盛了拔絲馬鈴薯的盤子裡還留有一些糖漿，這樣喝應該會很甜吧？

瞧著子安有些卑微的模樣，紀婉兒覺得很是心疼，她端過子安的碗，將他碗裡的米湯朝盤子倒了進去。

子安開心極了，抱著盤子喝得美滋滋的。

隔天一早，紀婉兒又在卯時醒了過來。

這個時代晚上既無娛樂，四周也黑漆漆的，每晚自然睡得就早，既然睡得早，醒得也早。在前世，紀婉兒絕不會這麼早起，這對她來說痛苦至極，但是現在，她卻沒有絲毫不適。

起床之後紀婉兒就去做豆腐腦跟滷子，因為昨日賣得好，導致最後不夠賣，她就多做了一些。

雲霜和子安起得同樣早，尤其是雲霜，她比紀婉兒醒得還早一些，一聽到紀婉兒開門了，立刻跑了出來，到她身邊幫她幹活。

「雲霜，妳可以不用起這麼早，多睡會兒。」

「我睡飽了。」

為了早些去賣吃食，紀婉兒今天幹活的速度特別快，準備出發前，她用盤子裝了四個豆渣餅去了書房。

「相公，我跟雲霜還有子安要出門，不一定什麼時候回來，你要是餓了就先吃餅吧。吃不飽的話，等我回來再做給你吃。」

蕭清明先是看了香噴噴的豆渣餅一眼，又看向紀婉兒。

出門？去哪裡？蕭清明腦海中蹦出了問題。

很快的，他意識到自己竟對紀婉兒的行蹤感到好奇，趕緊斂了斂思緒，收回了視線，盯著面前的書。「喔，知道了。」

他的聲音頗為冷淡，能看出來不怎麼在意——

蕭清明對她一直都是這種態度，紀婉兒不覺得有什麼不對勁的地方，她放下盤子，轉身離開了書房。

等他們三個人遠去，蕭清明的目光又飄向了門口。她最近幾日又開始出門，也不知道到底幹什麼去了。

紀婉兒並不知蕭清明在想她，與雲霜、子安有說有笑，開開心心的。

此時天矇矇亮，村裡幾乎看不到人，倒不是說大家睡得晚，而是早起的人都去地裡幹活了，晚起的則是還沒出門。

今日前往鎮上的心情，比昨日少了幾分忐忑，多了些許期待。紀婉兒給了雲霜和子安一人一個豆渣餅，她怕餓著孩子，畢竟他們還在長身體，可不能餓肚子。

小推車剛擺上沒一會兒，就有人過來了。因為豆腐腦這種吃食在當地很新奇，有兩、三個人圍著紀婉兒詢問。

過了片刻，昨日那名中年男子也來了。他瞧前面幾人只是提問，並沒有買，便道：「快，先給我來一碗。」

這話讓正在問話的幾個人不禁扭頭看了過去。

「抱歉抱歉，好多年沒吃了，有些著急。」中年男子笑道。

「你吃過這種吃食？」有人好奇地問。這東西他們還是第一次見呢，竟然有人吃過了？

「對，我早年在京城吃過幾回。」中年男子解釋道。

「京城？這吃食是京城傳過來的嗎？」

「原來是大地方來的，怪不得我沒聽過。」

幾人正說著話，紀婉兒已經把豆腐腦盛好了。

中年男子接過了豆腐腦，說道：「哪裡傳來的我不清楚，我只是在京城吃過……哇，好香！」說著他攪拌了一下豆腐腦，吃了一口。

「好吃！」中年男子評價道：「這比我在京城吃的還美味，又嫩又滑，滷子也做得很好。」

他這麼一說，還在猶豫的人紛紛向紀婉兒要了一碗，要不是真的不認識這名中年男子，她真的會以為這人是特地過來為她免費打廣告的。

「再來一碗！」中年男子吃了一碗又要了一碗，還道：「再給我兩個餅。」

由於昨天買豆腐腦送豆渣餅的效果太好，今日紀婉兒依舊送餅，中年男子吃了以後很是喜歡，額外出錢買。

「小娘子手藝真好！這是祖傳的菜譜吧？滷子裡面也放了好些東西，我竟吃不出來放了多少調料，又鮮又香！」

這是紀婉兒的秘密配方，是她花了不少心思，購買調料研磨成粉狀後混合在一起的。

中年男子一共吃了兩碗豆腐腦，一邊吃一邊稱讚，在他吃的這段時間裡，有六、七個人受他的影響跟著買了。

「明天你們還會來吧？」臨走之前，中年男子不放心地問道。

「來，只要不下雨，一直都會來。」紀婉兒道。

「嗯，那就好。我明天早上還會再來的。」中年男子道。

他離開之後，這一波吃豆腐腦的人潮就退去了一些。

第十三章　敦親睦鄰

紀婉兒看了看面前的豆腐腦和豆渣餅，想了想前世聽過的那些話，更換了廣告詞。「快來瞧一瞧、看一看，買豆腐腦送雞蛋豆渣餅！雞蛋豆渣餅數量有限，先到先得，晚了就不送了！」

這話還是很有效果的，她剛說完，立刻就有路過的人好奇地過來問了。

「免費的雞蛋豆渣餅還有嗎？」

「有。」

「買豆腐腦就送？」

「對。」

豆腐腦的賣相很好，味道也可口，又淋上食材豐富的滷子，只要能引人過來看，賣出去的機會就高了很多。今日紀婉兒雖然多做了幾碗，卻賣得更快，提早收攤了。

「餓了嗎？」紀婉兒問道。

雲霜和子安都搖了搖頭，因為早上吃了個豆渣餅墊肚子，他倆都不大餓。

紀婉兒說道：「若是不餓的話，咱們不如買一些食材回去，中午做包子吃？」

一聽到可以吃紀婉兒做的包子，兩個孩子都很開心，收拾好之後，三人就推著小推車去了菜市場。

他們今日來得不算晚，菜市場裡的人挺多的。紀婉兒買了些韭菜、香菇、木耳，還有蔥、薑跟蒜，又買了一大堆調料，打算研磨成粉，做包子的時候用。雞蛋當然也要買，如今雞蛋用得快，得多買一些才成。

最後，他們來到了賣肉的地方。今日兩家賣肉的都在，紀婉兒終於確認了一件事——上回那個賣肉的坑了他們。豬骨頭本就是賣一文錢一斤，要是肉買得多了，店家還會拿來送。

紀婉兒果斷選擇了另一家，她割了半斤肉，免費得到了兩根豬骨頭。

回到家裡，還不到巳時，紀婉兒先把麵和上了。「咱們中午做包子，先吃些東西墊墊。」

雖然兩個孩子說不餓，但是忙到現在只吃了一個餅是不夠的，紀婉兒燒了一鍋蛋花湯，熱了饅頭，幾個人配著醃菜吃了。

吃飽飯大家便回屋歇著了，紀婉兒拿出荷包數了數，賺得比昨日還要多，近四十文錢，她寫在了牆上。其實這樣還是不太方便，要是能寫在紙上記賬就好了，可惜紙筆特別貴，她用不起。

在房間裡休息了一會兒，紀婉兒就帶著雲霜與子安出門了。剛踏出院子就遇到了滿兒，滿兒一聽他們要去山上撿柴火，也跟著去了。

沒多久，幾個人抱著柴火下山了，滿兒把自己撿的柴火給了紀婉兒。柴火雖然不是什麼稀罕東西，但聽說在縣城也是要錢的，好像是一文錢一捆。

「妳還是拿回家去吧，這些柴火夠了。」紀婉兒道。

滿兒搖了搖頭說：「不用了，嬸娘，我家柴火多著呢。」

紀婉兒笑了笑，沒再推辭，想等一會兒做好包子就給隔壁送幾個過去。

麵快醒好了，接下來就是調餡。紀婉兒先把早上買回來的豬骨頭處理好，放在鍋裡燉上，這才開始調餡。她打算素餡的跟肉餡的都包，素餡的口味有韭菜雞蛋跟素三鮮，肉餡的則是高麗菜豬肉。

不說別的，雞蛋用油一炒，香味就能飄很遠，韭菜的味道也重，兩者混合在一起，讓人從門口路過就知道這家在做韭菜雞蛋料理。

蕭家的屋子四處漏風，坐在書房的蕭清明自然也聞到了。他不自覺地嚥了嚥口水，心想今日又有好吃的了，對午飯有了一絲期待。

紀婉兒把炒好的雞蛋分成兩份，一份跟韭菜混合在一起，做成韭菜雞蛋包子；一份跟剁碎的香菇與木耳放在一起，做成素三鮮包子。

做高麗菜豬肉包子，包之前要把高麗菜裡面的水擠乾淨。擠過水之後，紀婉兒把高麗菜和剁碎的豬肉混在一起攪拌。

包子還沒開始包，三個孩子的眼睛就已經看直了，臉上明晃晃地寫著兩個字——想吃！

滿兒一臉嚮往地說道：「嬸娘，妳調的餡好香啊，我娘怎麼做得沒這麼香？」

紀婉兒輕輕笑了笑，說道：「我做飯的經驗比不得妳娘，不過是多放了些調料而已。」

「嗯。真香……」滿兒點點頭，嚥了嚥口水。

三個孩子不會包包子，幫不上忙，但他們也沒去別處玩，就蹲在廚屋門口，時不時往裡面看一眼。

滿兒終歸不是這家的人，她看了幾眼之後，悄悄對雲霜道：「小姑姑，我可真羨慕妳，嬸娘做飯也太香了。」

雲霜轉過頭來說道：「三嫂做飯也好吃。」

滿兒又說：「這幾日我在家裡都會聞到妳家做飯的香味。」

雲霜笑著回她。「嗯，嫂子真的很會做飯。」

滿兒之前一直覺得小姑姑很可憐，她嫂子不光不讓她吃飯，還打她；現在她覺得可憐的人變成了自己，啥時候她娘也能做這麼香的飯啊……

人真的是不經念叨，滿兒正想著呢，耳邊就響起了她娘的聲音——

「我一猜就知道妳在這裡。」

「娘。」

「三嫂。」

「娘要套被子，妳過來幫幫忙。」

「欸，好。」一站起身來時，滿兒忍不住又往廚屋看了一下。

既然來到人家家裡了，肯定要打一聲招呼的，孫杏花走到廚屋門口，吸了吸鼻子，說道：「清明媳婦兒，蒸包子呢，這麼香！」

紀婉兒回過頭，應道：「嫂子。」

「嗯，妳忙吧，我叫滿兒回家。」

「吃了包子再走吧？」

「不用了不用了，早飯剛吃過，不餓。」說完，孫杏花就領著滿兒回家去了。

一出門，孫杏花臉色就不好看了，她瞪了女兒一眼道：「妳看到人家做包子了，還不趕緊回家，在那裡幹啥？妳差這一口飯？」

這裡一般人家都窮，誰家要是有點好吃的，多半要把門從裡面鎖上偷偷吃，畢竟若是來了鄰里，那可是不夠分的；若是不給，又顯得小氣，傷了和氣。所以要是恰好遇到了，客人大多會找藉口離開，不讓主家為難，也只有厚臉皮又嘴饞的人才會故意賴著不走，這可是會被拿出來在背後說嘴的。

女兒在想什麼，孫杏花一眼就看出來了，但她不想讓女兒成為這種討人嫌的人。

滿兒咬了咬嘴唇，沒說話。

孫杏花點了點女兒的頭，說道：「妳個饞丫頭，下回有點眼力見兒，別幹這麼沒出息的事，看到人家有好吃的就趕緊回家，聽到沒？」

滿兒垂著頭，低聲說：「嗯，我知道了，娘。」

人窮志不窮，孫杏花雖沒讀過書，卻一直都是按這個標準教導女兒的。瞧著女兒的反應，她嘆了口氣，還不是貧窮給鬧的，啥時候有錢了就好了……

至於紀婉兒，她倒是沒想這麼多。若是今日沒遇到滿兒，她不會送吃食給隔壁，既然遇到了，肯定是要給的。再說了，他們住在村尾，周圍的人少，萬一家裡有點什麼事，需要左鄰右舍幫忙，那關係好不好就很重要了，上回補屋頂就是，將來只怕多得是機會要靠別人出力。

老宅那邊是指望不上的，那些人不過來害他們就行了；紀婉兒也不會主動找麻煩，只要井水不犯河水，她樂得跟他們互不往來。

紀婉兒做的包子比鎮上的小一些，不過皮薄餡多，熟得很快，她掀開鍋蓋，把素餡的包子從裡面拿了出來。

「快去洗手，吃包子。」紀婉兒笑著跟站在身側的兩個孩子說道。

雲霜和子安跑出去洗完手之後，很快就回來了。

「左邊是韭菜雞蛋的，右邊是素三鮮的，還有些燙，吃的時候慢些。」紀婉兒提醒道。說罷，她把肉餡的放在籠屜上開始蒸。

子安試探地摸了摸包子，覺得有些燙，試了幾次，他終於捧到了手上。之前在鎮上吃的包子咬很久才吃到餡，沒想到今日的皮這麼薄，一口就碰到餡了。

「皮好薄啊……」子安驚喜地說。

紀婉兒淡淡笑了笑，沒說話。自家吃的包子，自然是能放多少餡就放多少。

「真好吃，嫂子，妳做的包子真香。」子安開心地說道：「我從來沒吃過這麼好吃的包子！」

這話紀婉兒已經聽了很多次，每次都能感受到子安發自內心的愉悅。

子安歡喜的喊叫聲傳到了書房，蕭清明嚥了嚥口水，又摸了摸書角，心想怎麼還不叫他吃飯？

是又忘了他嗎？他昨日早點去等飯吃的事被紀婉兒發現，這回不好再提前過去了，要不……再等等？

子安吃完韭菜雞蛋的，又吃了素三鮮的。「哇，這個餡的好香啊，嫂子妳放了啥？」

雲霜雖然也很喜歡，但她克制住了，小口小口地吃，她聽到弟弟的問題，便為他解答。

很快的，子安手上的兩個包子下肚了，雖然已經有七、八分飽，可是還想吃怎麼辦？他已經吃兩個了，不好意思再去拿一個……

子安伸出手時偷偷看了紀婉兒一眼，碰巧被她發現了，他連忙把手縮了回來。

「先別吃了。」紀婉兒說道。

果然，他太過放肆，吃太多了……子安抿了抿唇，眼神變得黯淡。

「鍋裡正在蒸肉餡的，若是吃太多素餡的吃飽了，肉餡的可就吃不下去了。」紀婉兒笑著說。

原來是這樣！子安迅速抬起頭來，雙眸裡又迸發出了光彩。「嗯，我不吃了，等嫂子蒸好肉餡的再吃。」

正說著話，肉包的味道就從鍋裡溢了出來，又過了一會兒，包子熟了。紀婉兒知道兩個孩子想吃，就一人先給了一個。

「好香啊，裡面全都是肉，還有肉汁！」子安激動地指著肉包說道。這包子比他在鎮上吃的好吃多了！

「慢點吃，別燙著了。」紀婉兒溫柔地說道。

紀婉兒這回沒蒸太多包子，素餡的多一些，肉餡的少，她拿了兩個素餡的跟一個肉餡的去了隔壁。

孫杏花見紀婉兒拿來了三個包子，愣了一下，回頭又看了女兒一眼。「妳家也沒辦法做多少包子，不用給我們送來了。」

紀婉兒不知她們母女之間的談話，笑道：「我聽雲霜說嫂子從前給她和子安送過不少吃食，過去家裡窮，沒多少吃的，這幾日寬裕了些，才想著要分給嫂子你們。」

以往那段時間，孫杏花沒少在背後說紀婉兒的不是，這會兒聽她這般說，倒教孫杏花不知道該怎麼回答了，不過她還是要拒絕的。「這太貴重了，你們家孩子也多，還是留著自家吃吧。」

紀婉兒回道：「嫂子客氣了，這不值什麼錢的，正好也讓孩子們嘗嘗我的手藝。」說著，她把碗放在桌上，又道：「我家夫君日日苦讀，顧不上家裡，往後少不得要麻煩嫂子幫襯著些。」

話說到這分兒上，其實也不好推辭了，不過片刻工夫，孫杏花已經後悔自己從前在背後說紀婉兒壞話了，她甚至覺得自己過去誤會了紀婉兒，這分明是個知禮的好姑娘！

「咱們都是一家人，客氣啥。」

「行，有嫂子這句話，我就放心了。」

接下來兩個人又聊了幾句，紀婉兒就離開了。

剛回到家，紀婉兒就看到蕭清明走出了書房。「你出來啦，正想著叫你吃飯呢，中午有包子。」

怎麼就這麼剛好呢?!蕭清明心想，早知道晚一會兒出來了……

大骨湯盛出來後，紀婉兒往裡面撒了一些香菜，又倒了些麻油，才端到飯桌上。

雲霜和子安一人塞了三個包子，剛剛還喝了一碗大骨湯，早就吃飽了，所以飯桌上只有蕭清明和紀婉兒兩個人。

見蕭清明的注意力放在空空的兩個座位上，紀婉兒解釋道：「他們兩個吃飽了。」

蕭清明早就餓了，他點點頭，伸手拿了一個韭菜雞蛋包子，餡料很足，比他想像中更好吃。

見蕭清明似乎很喜歡，紀婉兒又拿了一個給他，說道：「嘗嘗這個，素三鮮的。」

蕭清明從紀婉兒手中接過包子吃了起來，等他吃完，紀婉兒又遞給他一個肉餡的，不管是肉餡的還是素餡的，蕭清明都吃得很香。

紀婉兒慢條斯理地吃著包子，瞧著狼吞虎嚥的蕭清明，心想這人還挺好養活的，啥都不挑。

一開始，她把蕭清明當作書裡那個黑化版的，面對他時總是多了幾分謹慎，然而經過這段時間的相處，她很確定蕭清明跟書中寫的完全不一樣，沒黑化的蕭清明優點還挺多的。

首先呢，長得挺好看的。初次見到蕭清明時，她就覺得他像是個翩翩公子，即便偏瘦、臉色不好看，也絲毫不影響那副好皮囊。如今半個月過去，蕭清明被她養得胖了些，沒那麼瘦了，氣色也鮮亮了不少，比剛見面時更精神了些。

「再吃一個吧。」紀婉兒笑著又遞給蕭清明一個包子。

蕭清明看了她一眼，迅速接過包子，又垂下了頭，臉上微不可察地泛起了紅暈。

再來呢，性子也挺好的，即便不喜歡自己的妻子，分家之後還是把家裡的銀錢給妻子管理，還算是有責任心。

此外，他天天在書房裡讀書，很是努力上進。雖說有點死讀書的感覺，但在這個時代，讀書是最有可能改變命運的途徑，要是他能一直這樣下去，倒也不錯。

至於缺點麼……就是話太少了，也不喜歡跟人溝通。

「好吃嗎？」紀婉兒看著蕭清明問道。

蕭清明拿著包子的手一頓，看向她，卻不答腔。

紀婉兒笑著又問了一遍。「相公，好吃嗎？」

「咳咳咳……」蕭清明的臉又紅了，甚至連耳垂也是。

這也太容易害羞了吧？她記得每回叫他相公，他都會臉紅，整個人看起來手足無措的樣子，這回也不例外。

「慢一點吃，別噎著了，喝口湯吧。」紀婉兒依舊笑得溫柔體貼。

蕭清明咳了好一陣子，才端起面前的湯喝了，接著又垂下頭吃起了包子。

紀婉兒以為蕭清明不會搭理她，便沒再看他，不料卻聽他小聲說了一句。「好吃。」

聽到他這麼說，紀婉兒挑了挑眉，望著蕭清明問道：「那相公覺得哪個最好吃？」

蕭清明差點又嗆到了，他紅著臉瞥了紀婉兒一眼，一時說不出話。

「相公？」

「都……都好吃。」

紀婉兒笑著點點頭，把目光從蕭清明臉上挪開了。

他的個性實在太羞澀，她真怕自己再看下去，就把他看到整個人都熟了。不過啊，偶爾調戲一下黑化前的男配角，感覺還挺有意思的呢。

似乎為了印證自己覺得好吃一般，蕭清明一頓飯吃了六個包子、喝了兩碗大骨湯。

「我吃飽了，去書房了。」蕭清明難得在吃過飯之後打了一聲招呼。

紀婉兒淺笑著說：「嗯。相公，看書看累了，記得休息一會兒。」

蕭清明微微頷首轉身離開，在走到門口時，他似乎是想起了什麼，回過頭，看向紀婉兒道：「那個……以後別叫我相公了。」

相公，有秀才的意思，他考了兩回都沒考上，配不上這個稱呼。

「啊？」紀婉兒微微一怔。

「別叫了。」蕭清明心想，至少別在大庭廣眾之下叫。

「喔，好的。」

見紀婉兒答應了，蕭清明點了點頭，轉過身去。

「那以後我就叫夫君，如何？」

聽到這個稱呼，蕭清明頓時左腳絆右腳，差點摔倒了。

在他身後，傳來了紀婉兒的笑聲。

第十四章　貼補家用

經過午飯這件事，接下來半日紀婉兒的心情都好極了。

晚飯時，瞧著鍋裡還剩下不少大骨湯，燒開以後，紀婉兒撈出骨頭，往裡面加了一些下麵水，再次燒開時，她打了一顆雞蛋進去。

或許是大家中午吃太飽了，晚飯時都沒用太多，雲霜和子安各吃了一個包子，蕭清明吃了兩個。

吃晚飯之前，蕭清明還有些糾結，他有點期待見到紀婉兒，又有些不好意思，兩種情緒糾結之下，讓他磨蹭了許久才出來。結果飯桌上，他發現紀婉兒看也沒看他，全程都在照顧雲霜和子安。

他說不清心裡到底是什麼感覺，只知道自己莫名失落，也不太開心。

隔天一早，紀婉兒留給蕭清明幾個豆渣餅，又早早地出門去了。看著他們三人離去的背影，蕭清明微微蹙眉。

她最近也出去得太頻繁了，況且現在這麼早，這是做什麼去了？家裡的變化超乎想像，弟弟妹妹現在與紀婉兒常一起活動，他們做的事情好像都與自己無關。

察覺到內心不太平靜，蕭清明闔上面前的書，翻開一旁的本子，埋頭寫起字來。

「雞蛋真好吃。」子安拿著水煮蛋開心地說道：「這跟打散了放在鍋裡的味道不一樣。」

雲霜默默地看著手中的水煮蛋沒出聲，她沒想到自己還有機會吃上這東西。從前老宅的嬸娘都是偷偷煮給堂兄弟吃的，她從爹娘過世後就沒吃過了，這可是相隔了許久才又拿到手的。

如今她吃得很好，日日有蛋，隔三差五有肉。弟弟很明顯胖了，她看著自己在水中的倒影，也發現臉圓了些，氣色好了許多。這一切，都是嫂子給他們的。

雲霜掰開手中的水煮蛋，把其中一半遞給了紀婉兒。「嫂子，給妳。」

看到雲霜的舉動，紀婉兒非常欣慰。昨日剛買了雞蛋，今早她就給兩個孩子各煮了一顆，之所以沒煮自己的，是因為她不怎麼愛吃。

「我不餓，你們吃就行。」

「我也不餓。」雲霜道。

「吃吧，我是真不餓。家裡那麼多雞蛋，我還能虧著自己不成？」紀婉兒笑著說道：「快吃吧，吃了才有力氣。」

聽她這麼說，雲霜猶豫了一下，收回了水煮蛋。

這才賣了第三日，沒想到竟然有回頭客，前兩日來過的客人當中今日又有人來了，包括那名中年男子。

這回他又吃了兩碗，臨走之前，他說道：「妳的吃食啥都好，就是沒座位，只能站著吃或蹲著吃，不太方便。小娘子，妳要不從家裡弄張桌子過來？說不定旁人見妳這裡有歇腳的地方，來吃飯的人能多些。」

紀婉兒何嘗不知道這一點，只是家裡就只有這麼一輛小推車，而且她力氣不大，若不是雲霜和子安在路上幫忙，她一個人不知得花多久的時間才能過來。若是再加上一張桌子，就更沈、更費功夫了。

總歸現在來吃豆腐腦的人數有限，就先維持這個狀況吧，若是往後人更多了，她再想辦法。「多謝您的提點，只是東西太多了，不好弄。」

中年男子看看紀婉兒，又看向站在一旁的兩個孩子，嘆了口氣，沒說什麼就走了。

家家有本難念的經，他不過是個食客罷了，又能怎麼樣呢？

今日跟昨日的情況差不多，賣完之後，紀婉兒就帶著雲霜和子安回家去了。

三天下來，紀婉兒總共賺了一百多文錢，之後日復一日，每天一早紀婉兒都帶著兩個孩子一起去鎮上賣豆腐腦跟豆渣餅。

漸漸的，客人愈來愈多了，他們每日都能賺個五十文錢左右，賣了十天下來，總共賺了四百多文錢。這些錢對富有人家來說是九牛一毛，但對普通人而言可不少。

眼見天氣愈來愈暖和，之前在院子裡種的菜已經冒出綠色的幼苗，雞仔也一天一天長大，紀婉兒覺得是時候為雲霜和子安買新床了。

真是瞌睡遇到枕頭，她剛這麼想，孫杏花就抱著兒子過來了。

自從那日紀婉兒送了幾個包子過去，孫杏花就時不時過來探訪，有時候指點他們餵雞，有時候幫忙翻翻地什麼的。

「買床？」孫杏花驚訝地問道：「妳買床做啥？」

紀婉兒回道：「雲霜和子安睡的是用木頭和石頭搭起來的床，一直睡這種床很不舒服，我想為他們買一張新床。」

蹲在院子裡玩的雲霜和子安一聽到這話，眼睛頓時亮了起來。

孫杏花笑道：「我還以為妳買床幹啥呢，要我說啊，沒必要花那個冤枉錢。妳家屋後不是有竹林嗎？去砍些竹子就能做床了。」

紀婉兒愣了一下。對啊，她怎麼沒想到呢？她睡的那張床，好像也是用竹子做的。

「清明媳婦兒，妳家沒做過床吧？估摸著妳娘家都是用買的。咱們這種小地方，床都是自己做的，自己做比旁人做的還好，鋪子裡賣的多半是下腳料做的。」
「可是……」紀婉兒有些猶豫地說：「家裡沒人會做。」
「這有啥難的？妳三哥就會做。他明日正好歇著，妳砍些竹子，等著讓他來做。」
紀婉兒沒想到困擾她多時的事情這麼簡單就能解決，早知道她就去砍些竹子給兩個孩子做床了。
「那就多謝三哥和嫂子了。」
「客氣啥！」
吃過午飯，紀婉兒就和雲霜去後頭砍竹子了，怕竹子不夠用，她們多砍了幾根。

第二日，紀婉兒剛從鎮上回來，孫杏花後腳就進門了。
「這是幹啥去了，我說讓妳三哥做新床，結果你們都不在家，我還以為今日不做了。」
紀婉兒他們每日都很早出門，雖然生意做了超過十日，蕭家村卻還沒人發現。不過她無意隱瞞，孫杏花一問，她就回答了。
「做，當然做，我們昨日就已經砍好竹子了。」說完，紀婉兒解釋道：「嫂子也知道我家的情況，分家的時候沒分到什麼，家裡窮得快揭不開鍋了，所以我跟雲霜還有子安最近去鎮上賣吃食。」

對於他們三個出門這件事，孫杏花有過幾種猜測，卻沒料到竟然會是這一種。賣吃食比表面上看起來累得多，她著實想不到嬌滴滴的紀婉兒也會幹這種辛苦活。

「你們起得怪早的，我卯正過來人就不在了。」

「嗯，起晚了怕沒人吃早飯了。」

「唉呀，都不容易。」孫杏花嘆了口氣。他們家何嘗不是這樣，也是長輩不疼，分家給了塊偏僻的地方，東西也沒分到多少。她如今要看顧兩個年幼的孩子，不能幹活，全靠家裡的男人努力工作，才能勉強餬口。

說起了過日子的艱辛不易，兩個人之間的距離又拉近了一些。

「嫂子還沒吃飯吧？我們也沒吃，妳就別做了，我擀些麵條，大家一起吃吧。」

「不了不了，我們家的飯做好了，等妳三哥吃完，就讓他過來給你們做床。」

「那就麻煩嫂子跟三哥了。」

因為過一會兒蕭大江就要來做床，紀婉兒只有簡單煮些粥跟水煮蛋，配著醃菜和饅頭當作早餐。

飯後，蕭大江和孫杏花一起過來了，他一刻都沒耽擱，直接去屋後做起了床，紀婉兒和雲霜也沒閒著，在一旁打下手。孫杏花瞧紀婉兒手腳太慢，就把兒子扔給滿兒看著，自己也去幫忙。

蕭大江和孫杏花夫婦幹活速度快得很，不過一個時辰就把床做好了，這可是幫了紀婉兒一個大忙。

紀婉兒知道，按照這對夫婦的性格，他們肯定不會收錢，而且給錢這個行為還會傷了彼此的情分。於是她提議晚上大家一起吃飯，可還是被孫杏花拒絕了。

「妳賺錢也不容易，省著點花吧。清明兄弟還要讀書，也需要不少錢。」

「一塊兒吃頓飯用不了多少錢，妳跟三哥忙了這麼久，還是得盡點心意。」紀婉兒道。

孫杏花看了書房的方向一眼，說道：「不用了。清明兄弟得讀書，一大堆人在家裡鬧哄哄的，他還怎麼用功啊？」

從鎮上回來之前，紀婉兒就已經買了一些食材，打算在家裡好好待客，因此即便被孫杏花拒絕了，她還是打算晚飯做些好吃的，到時候再把人叫過來便是。

孫杏花夫婦離開後，紀婉兒和雲霜、子安三個人把堂屋原本的「床」拆了，把新床安置好。瞧著嶄新的大床，雲霜和子安都開心得不得了。

「我竟然有新床了……我能睡大床了！」子安興奮到不行，爬到床上蹦了幾下。

雲霜雖然沒說話，但是她的神情寫滿了欣喜。

紀婉兒去她房裡拿了條床單綁在新床旁的柱子上，隔出了一個空間，這樣兩個孩子多少能有點隱私。

吃過午飯，紀婉兒發現了一件奇怪的事。

她來這裡一個月了，在這段時間中，蕭清明的行動軌跡非常清晰——書房、堂屋跟廂房，最多再去個茅廁，可今日他竟然出門了！

看著蕭清明的背影，紀婉兒一時之間沒回過神來，忘了問他要去哪裡，她只能轉頭看向雲霜問道：「妳哥幹啥去了？」

雲霜同樣震驚，她搖了搖頭道：「不知道。」除了跟念書或學習有關的事情，她從來沒見過自家兄長出門。

這就奇怪了，除了讀書，蕭清明還能幹啥去呢？

「他會不會……不認得路？」紀婉兒有些擔心。在她眼中，蕭清明就是個書呆子，她覺得他生活上不能自理。

雲霜再次搖頭說：「不會，哥哥之前在鎮上讀書，每日都是自己來回的。」

紀婉兒忍不住鬆了一口氣。意識到自己似乎太過關注蕭清明，她連忙轉移注意力，去廚屋刷鍋洗碗了。收拾好廚屋，她便回房睡覺。

一覺醒來，已經是一個時辰以後了，紀婉兒舒服地伸了個懶腰，她從床上坐起來，打了個哈欠。

突然間，她意識到了不對勁的地方——屋裡有人。轉頭一看，蕭清明正一臉糾結地站在床邊。

紀婉兒猛然拍了拍胸口，吸了口氣道：「唉唷，嚇死我了，你怎麼不出聲？」

蕭清明試探地瞥了她一眼，又垂眸看了看手中的東西，這兩個動作反反覆覆做了幾次。

紀婉兒看出來了，他這是有話要說？

她正想問，就見蕭清明迅速塞了一個灰色的荷包給她……不，確切地說，是「扔」給她，彷彿那荷包很燙手一般。

接著就見他有些結結巴巴地說：「妳……妳……妳別嫌少，我往後……會賺更多錢的。」

說著說著，蕭清明的臉色又不自然地紅了起來，見紀婉兒盯著自己看，他的眼神閃爍，扭頭就跑了。

「砰」的一聲，蕭清明關上了廂房的門。

隨著這一聲響動，紀婉兒終於回過神來，低頭看向手中的荷包，默默捏了捏。雖然隔著布料，不過這一捏，她基本上就能判斷出裡面是錢。

所以……蕭清明這是在給她錢？他知不知道這些銅板很沈啊？她的手背都砸紅了，就不能輕輕遞給她嗎?!

紀婉兒甩了甩手打開荷包，倒在桌上數了數，竟然有五十文錢！在動手數之前，她可沒想過會有這麼多。

吃過午飯以後他出去賺錢了？他到底幹了啥，怎麼才一會兒工夫就賺了這麼多？她好想知道做什麼事才能用這麼快的速度賺錢。

可仔細一想，紀婉兒又覺得不太對。蕭清明不過是個書呆子，肩不能挑、手不能提，能幹啥呢？她記得剛剛他出門前，好像去了一趟書房拿了個包袱才走的，難道是賣了什麼東西？

不過，不管是出去幹活賺來的，還是賣東西賺來的，紀婉兒都很開心，至少蕭清明還是關心這個家的財政問題，不是真的死讀書、萬事不理。不過她怎麼不記得書裡面提過這一點？印象中蕭清明給過價值十兩銀子左右的銀飾之後，就再也沒給過妻子一文錢。

這是不是表示蕭清明對她的觀感漸漸好轉了，她脫離了原主的既定命運？沒了她外遇這個導火線，蕭清明是不是不會黑化了？

紀婉兒心頭一喜。不管他們兩人以後會不會在一起，至少蕭清明最終可是個權臣，跟他打好關係，對她在這個時代生存還是有很大的益處。

她愉悅地把這些錢跟自己賺的錢放在一處。那兩樣銀飾要留給蕭清明參加科考，這些麼，自然要當作生活費。

紀婉兒收好錢就出去了，見雲霜和子安在院子裡玩，便喊著他倆去山上。晚上得待客，家裡的柴火不夠用了，得去撿一些回來。

今日紀婉兒心情好，看什麼都覺得美妙不已；雲霜和子安得了新床，也很是歡欣雀躍。如今已是三月，花朵漸漸綻放，漫山遍野點綴著各種顏色，漂亮極了；從山上流下的泉水嘩啦啦作響，既清冽又潔淨。三個人撿完柴火也沒急著回家，而是在山上四處逛逛，順便採了一些花。

返家以後，紀婉兒把乾燥的柴火拿進廚屋，有些濕的柴火則是放在院門口晾曬。

接下來，她撿起被扔在角落、瓶口缺損的土瓷罐子，用井水沖洗乾淨，裝了一些水才放在桌上，又把從山上採回來的花修剪了一番，再插入其中。堂屋瞬間沒那麼單調了，多了幾分文藝氣息，整體氣氛也變得溫馨。

紀婉兒欣賞了花瓶一會兒，瞧著快到酉時，就去做飯了。既然是待客，就不能吃得太簡單。她今晚打算做四道菜，包括馬鈴薯燒雞肉、紅燒魚，再炒個黃豆芽跟醋溜白菜。

做馬鈴薯燒雞肉之前，紀婉兒先用調料醃製了一下切成塊的雞肉，這樣比較入味。接著起鍋燒油，放入薑片與蔥花爆香，倒入醃好的雞肉翻炒，很快的，雞肉的香味飄了出來。這還是她來這裡以後第一次買雞肉吃呢，平時都只買豬肉。

雲霜覺得為嫂子燒火真是一件幸福的事情，每日都能聞到香味。

雞肉炒好後放入馬鈴薯繼續翻炒，兩樣都炒得差不多時，往裡面加水。

馬鈴薯燒雞肉得煮一會兒才好，紀婉兒蓋上鍋蓋，去了隔壁。

如果說飄出來的香味對雲霜來說是幸福的話，那對隔壁的滿兒而言就是既羨慕又痛苦了，因為她聞得到卻吃不著。

「好香啊……」滿兒忍不住說了一句。

孫杏花看了女兒一眼，沒說話，她起身去了廚屋，打算今日早些做飯。

就在此時，紀婉兒出現在她們眼前。「嫂子，你們別開伙了，一會兒去我家吃晚飯吧。」

滿兒眼中頓時流露出了驚喜，但她不敢表達出來，孫杏花自然又是一番婉拒。

「嫂子，我菜都已經煮上了，是專門為你們做的。若是不去，我一會兒就給你們端過來。」

紀婉兒是故意趁這個時候來的，要是飯沒做，孫杏花還可能推拒，現在飯已經做下去，她就不好拒絕了。

果然，孫杏花猶豫了起來，態度沒那麼堅決了。

「妳跟三哥要是不去吃，往後我就不好意思再找你們幫忙了。」話都說到了這個分兒上，孫杏花不好再推辭了。滿兒開心得不得了，手指差點把手心掐破了，才克制住自己的興奮。

「再過個一刻鐘，飯就全都做好了，嫂子別忘了帶著孩子去。」說罷，紀婉兒回家去了。

第十五章　劃清界線

馬鈴薯燒雞肉熟了，紀婉兒盛了出來，她怕菜涼掉，用蓋子蓋上。接著就是做紅燒魚，紀婉兒剛剛已經預先處理好了魚，只等著料理了。

魚剛下鍋，孫杏花就過來了。雖說是紀婉兒請客，但是既然兩家離得近，斷沒有飯菜都端上桌了，客人才來的道理，所以她提前抵達，幫著打打下手。孫杏花一來，雲霜就被攆了出去，換成她坐在灶臺前燒火。

孫杏花親眼看到了紀婉兒是如何做飯的，那些複雜的過程看得她目瞪口呆。燒個魚步驟竟然這麼繁複？不是油熱了把魚放進去煎一會兒，再翻一翻就行了嗎？

步驟很多就算了，裡面還放了不少調料，那些調料她連名字都叫不上來，最後竟然連酒都用上了。菜還能這樣做？孫杏花活了二十多年，第一次知道菜不是放油跟鹽就能吃了。

不得不說，這樣做出來的料理，味道真的香啊！「清明媳婦兒，妳做菜真……講究。」孫杏花琢磨了一下，才想到用「講究」這個詞來形容。

紀婉兒笑了笑，說道：「習慣了，想儘量讓菜好吃一些。」

「京城裡的大戶人家都是這樣做飯的嗎？」孫杏花一點都沒懷疑紀婉兒，畢竟她小時候在京城待過。

紀婉兒先是微怔，隨即回道：「對，京城的人吃飯講究。」

孫杏花看紀婉兒的眼神都不一樣了，彷彿她高高在上、遙不可及一般。「我可真羨慕妳待過京城那種地方，還在高門大戶生活過。」

注意到孫杏花的態度有些不同，為了拉近與她的距離，紀婉兒苦笑道：「唉，再好也是當下人，做些伺候人的活兒，倒不如像現在這樣住在村子裡，好歹是自由身。」

聽她這麼一說，孫杏花眼中的欣羨少了幾分。確實，京城再好，紀家也不是主子，日子怕是難熬。她又想到了傳言，據說紀家是被主家攆回來的。

「妳也別傷心難過，清明兄弟會讀書，將來定能考中秀才，妳的好日子還在後頭呢。」

「那就借嫂子吉言了。」

接下來紀婉兒又炒了黃豆芽和醋溜白菜，孫杏花全程沒說話，只在一旁默默觀察她做飯，愈看愈佩服她，同時心中有了個念頭——不過，看了紀婉兒一眼後，她很快就放棄了自己的想法。

紀婉兒幹活不行，燒飯倒是很拿手，沒多久菜就炒好，米飯也蒸好了。

這是紀婉兒來到這裡以後做得最豐盛的一頓飯，而她不知道的是，這也是在座的人吃過最美味的一餐。

「這魚肉做得真好，一點腥味都沒有。」孫杏花道。費了那麼多功夫、放了那麼多調料，怪不得做出來這麼好吃。

「豆芽也好吃，在哪家買的？」孫杏花問。

「我自己泡的。」紀婉兒笑著說。

「啊？妳還會泡豆芽？」孫杏花驚訝極了，她竟然連這個都會。

「嫂子要是想學，下回我教妳。」

「那……那多不好意思啊……」

「沒事，很簡單的。」

滿兒一向話多，可今日她卻安靜得很，只顧著吃飯，她生怕多說一個字，就少吃一口飯。

他們家很久沒吃過這麼香的米飯，也幾個月沒嘗過雞肉和魚肉了。她從沒吃過這麼可口的東西，就連黃豆芽和白菜也美味得很。嬸娘做飯就是好吃，連平日吃飯時愛搗亂的遠哥兒也安安靜靜的，吃個不停。

這頓飯吃得賓主皆歡，兩家人的距離也拉近了許多。

飯桌上，孫杏花對蕭清明道：「清明兄弟，你可真有福，能娶到這麼好的娘子。做飯手藝這麼好，還把家裡的人照顧得這麼妥當，你看，雲霜和子安的小臉都胖起來了。你往後若是考中秀才，可不能辜負了你媳婦兒。」

蕭清明原本正靜靜吃著飯，突然被點名，他怔了一下。再聽孫杏花說的話，他悄悄瞥了紀婉兒一眼，臉微微紅了起來。

「我記住了，嫂子。」蕭清明鄭重地回答。

紀婉兒本以為他不會理這個問題，沒想到他卻紅著臉小聲回答了。

見紀婉兒瞧了過來，蕭清明又低下頭繼續吃飯了。

這天晚上睡覺前，紀婉兒本想問問蕭清明短時間內怎麼能賺這麼多錢，但見他似乎沒有要提起這件事的意思，她最終還是沒問出口。

隔天一早，紀婉兒又帶著雲霜和子安去鎮上賣吃食了。

如今來這裡消費的人愈來愈多，人多就擠，提意見的人也多了起來。已經不止一個人跟她說這邊沒有座位，蹲著吃不舒服了，有些人甚至因為沒座位去了別處。

紀婉兒覺得應該考慮一下解決之道了。自己帶桌子不可行，那還能怎麼做呢？難道要租鋪子？可是租鋪子太貴了，她目前還負擔不起……

思考了一整日，紀婉兒想到了一個法子。她可以做一套桌子跟板凳帶到鎮上，再找個鋪子寄放，到時候付給人家保管費，這樣就不用來回帶著了。她相信肯定很多人樂意提供地方，畢竟桌子跟板凳占不了多少空間，還能賺些錢，何樂而不為？

想到了答案，紀婉兒心情就放鬆了。瞧著天色快要轉黑，她準備去做晚飯。

昨日剛撿回來的柴火還在外頭曬著，紀婉兒剛準備挑揀一些曬好的，旁邊卻突然竄出一個人，嚇得她後退了幾步。

「婉兒，多日不見，妳把我忘了嗎？可是還在怪我那日扶了小紅一把？妳這醋吃得也太久了些。」說完，那人還衝著她送了道眼波。

紀婉兒忽然一陣噁心，隔夜飯都快吐出來了。

「妳知道我心裡只有妳一個，我也知道妳不喜歡妳那個書呆子丈夫。妳再多攢些錢，我才能讓我娘同意娶妳過門。」

紀婉兒忍住嘔吐的衝動，看著面前這個油嘴滑舌的男人，慢慢回憶起了關於他的事情。

在錢二福之後，原主又認識了此人。這男人名叫趙順子，是鎮上趙員外家的小兒子，他仗著自己家世好，皮相也不錯，就到處勾搭姑娘家。十里八村之內，但凡長得好看的姑娘，他都想往前湊一湊。

其實趙員外家早就沒錢了，不過是個空殼子，然而趙順子能說會道，竟哄了不少姑娘為他花錢，原主也是其中一個。

在蕭清明這裡得不到任何回應，又聽到趙順子那些哄人的話，原主就被迷住了，心甘情願為他花了不少錢，所以董嬤嬤給的嫁妝銀子才會兩三下就沒了。後來她手裡沒了錢，又看到趙順子跟別的姑娘卿卿我我，這才漸漸回過味來。

紀婉兒上下打量了一下趙順子，興許是日日看著蕭清明那不帶雜質的帥氣臉龐，她只覺得這人生得尖嘴猴腮，一臉小人的模樣，真不知道原主怎麼就鬼迷心竅地看上了他。

趙順子見紀婉兒一直不說話，以為她還在生氣，便如往常一般，又說了幾句好聽的話，還試圖去握紀婉兒的手。

書房裡，蕭清明不像往常一般坐在椅子上，而是站在窗口。他身姿挺拔，如一棵松樹般直挺挺站著，看到眼前這一幕時，他薄唇緊抿，眼眸微紅。

紀婉兒不知道蕭清明正看著她，她瞪著面前油膩得過分的男人，眼神流露一絲嫌棄。這裡的男人都這般隨便嗎？錢二福也是這樣，一上來就想碰她，有了之前的經驗，紀婉兒側身躲開了。

「婉兒，妳這是何意？」趙順子有些錯愕不解。

「趙公子，你這是說的什麼話？我想你大概是誤會了吧！你那次幫了我，我很感激，所以買了些東西作為謝禮。不過我早已成親，你是喜歡小紅還是小綠，都跟我沒有任何關係。」紀婉兒非常明確地劃清了兩人之間的界線。

「婉兒，妳還是在怪我……」趙順子表現出一副傷心的模樣。

紀婉兒著實納悶，就這樣一個男人，怎麼有辦法勾搭那麼多女子，她根本一眼都不想多看。

如今雖然天色暗下來了，周圍的人應該看不清楚這裡的情況，但她身為已經成親的女子，跟一個陌生的男子有所牽扯，總歸是不好，若是被蕭清明知曉，她之前的努力怕是都白費了。

紀婉兒回頭看了家的方向一眼，天色明顯已經轉暗，可書房裡卻是漆黑一片，尚未點上油燈。雖然覺得有些奇怪，但她也沒多想，還是快刀斬亂麻，趕緊解決眼前的事情要緊。

「是，我確實在怪你。」紀婉兒一本正經地說道。

趙順子露出「果然如此」的表情。這女人看起來精明又帶刺，實則像是個繡花枕頭，沒什麼內涵，只要他說幾句好話，就能哄得她服服貼貼的。

「放心，我喜歡的人只有妳。」趙順子深情款款地看著紀婉兒。

他這副模樣之前還能騙騙原主，然而對於如今的紀婉兒而言，只覺得既做作又可笑。她裝作驚訝地看著趙順子說道：「哦，真的嗎？」

趙順子信心十足道：「自然是真的，我對天發誓，我最愛的人就是妳！」

紀婉兒微微點頭，滿臉認真地說：「既然如此，那你做給我看吧，如今我手裡已經沒錢了，你能給我點錢嗎？」

見趙順子臉色變了，紀婉兒繼續說道：「你別擔心，我不是要你的錢。之前我不是請你吃飯，還給了你不少禮物嗎？現在想想著實有些後悔，要不你把那些還給我吧！」

趙順子震驚地盯著紀婉兒，不敢置信地說：「婉兒，妳在說什麼？」

紀婉兒往前走了一步道：「其實我早就悔不當初了，上次見過面以後，我愈想愈難受。這裡日子過得一天不如一天，飯也吃不飽，就想著去找你討東西，可我畢竟是個女子，出門不便，而且送出去的哪有收回來的道理，就不太好意思提起。當然，我也怕你躲著不見我，不肯還我，沒想到你竟然主動找上門了，我真的很感動，今日咱們倆就好好算算賬吧！」

紀婉兒臉上掛著笑，趙順子卻有些吃不消，嚇得退了一步。

這會兒，紀婉兒漸漸想起更多事，她繼續道：「我記得咱們去酒樓吃過四次飯，一次是三百多文錢，一次是五百多文錢，還有兩次是六百多文錢，這些加起來總共二兩多銀子。雖說我吃得少、你吃得多，但我也不多要，就算一人一半吧，再給你抹個零頭，還給我一兩銀子就好。」

趙順子像看瘋子似的看著紀婉兒，又退了一步。

「還有，你頭上這簪子是我買的吧？喔，對了，腰間這個玉珮也是我送的吧？一併還給我吧。」紀婉兒朝趙順子伸出了手。

趙順子覺得紀婉兒就像瘟疫一般駭人，他不停地往後躲，正好踩到一塊石頭上，一時之間摔倒在地。

他見紀婉兒還在靠近，緊張地說道：「妳……妳……妳這個瘋女人，說什麼呢?!」

紀婉兒居高臨下看著趙順子，一臉冷意。

趙順子喘了幾口氣，連滾帶爬地站了起來，罵道：「妳就是隻破鞋，爺不嫌棄妳、肯理妳是妳的榮幸，竟然還敢跟我要錢？什麼玩意兒！」說完他拔腿就跑。

他是手頭上沒銀兩了，想過來哄哄紀婉兒，好找點錢花，沒想到她反過來跟他算賬。吃進嘴裡的還能吐出來？作夢去吧！

紀婉兒這人長得是好，可惜已經成親了，是隻破鞋不說，還從來不讓他占便宜，真是當了婊子還要立牌坊，更別說她脾氣挺大的，他壓根兒沒想過要和她長久在一起。

呵，這女人真是不知好歹，要不是看在她那副好皮囊的分上，他會理她?!

紀婉兒看著趙順子狼狽離開的背影，稍微放下心來。她是真怕這男人不依不饒，要是事情鬧大了，吃虧的人還是她，好在她逮到趙順子的弱點，一招制住了他。

對於想吃軟飯的趙順子而言，錢應該很重要吧？她剛剛已經說成那樣了，想必他不會再來找她。

想清楚這些，紀婉兒長長吁了一口氣，拿了些乾柴進廚屋去了。

遇上那令人作嘔的趙順子，紀婉兒沒心情做飯了。看向中午剩下的米飯，她打算簡單做個蛋炒飯跟米湯。

紀婉兒抓了一把大米，淘洗乾淨後放入鍋中熬米湯，隨後她往碗裡打了兩顆雞蛋，分離蛋白和蛋黃。蛋黃倒入中午剩下的米飯中，兩者攪拌均勻，充分混合在一起，接著又切了一些胡蘿蔔和青菜。

油熱了以後倒入米飯，翻炒一會兒後倒入蛋白，等蛋白漸漸凝固，再加入胡蘿蔔丁和青菜，最後放入調料，炒一下以後即可出鍋。

雖說這道料理容易，可紀婉兒做出來的成品卻非常吸引人。橙、黃、白、綠相間，散發著米飯與雞蛋的香氣，味道自然不用多說，可謂是色香味俱全。

瞧蛋炒飯的量不多，紀婉兒怕不夠吃，在米湯快熬好時，她又熱了兩個饅頭。

直到坐在座位上，拿起筷子來準備吃飯，紀婉兒才發現屋裡少了個人。「妳哥呢？剛剛你們沒叫他吃飯？」

雲霜回道：「叫了。」說完，她朝書房的方向瞄了一眼。其實她也有些疑惑兄長怎麼沒來吃飯，剛剛明明聽到他應了一聲。

紀婉兒不禁皺了皺眉，不過她沒想太多，對兩個孩子說：「先吃吧，可能你們兄長還要再看一會兒書，就別管規矩了。」

說不定蕭清明只是跟她一樣。對她來說，書要是沒看到一個段落，整個人會異常難受，非得停在一個能暫時休息的部分，才能去做別的事情，或許蕭清明也是吧，要不然早就出來了，畢竟最近他一向提早來用餐。

「嗯。」雲霜和子安應了一聲。

「嫂子，妳做的蛋炒飯真好看。」子安看著盤子說道：「顏色好多。」

想到趙順子的事，紀婉兒內心不知為何有點不安，但她依舊笑著說：「那你快嘗嘗好不好吃。」

子安點了點頭，大口吃了起來，飯還沒嚼幾口，他就忍不住說道：「哇，真好吃！」

「多吃些。」

「好。」

此刻紀婉兒有些心煩意亂，為了驅趕這種情緒，她也吃了起來。

第十六章　妒火中燒

紀婉兒剛吃了兩口，蕭清明就來了，她看了他一眼，又收回了目光，她心中存了事，並未發現他的異常。

蕭清明倒是沒表現得多不對勁，只是如往常一般沈默地吃飯，一個字都沒多說。不過要是仔細看，就能發現他臉色不對，眼神也跟平常不太一樣。

然而，蕭清明在家裡的存在感很低，他自己的親弟弟妹妹也不怎麼搭理他，飯桌上都在跟紀婉兒說話，弟弟更是直誇她做的飯好吃。

「嫂子飯炒得真香。」雲霜也適時地誇讚了一句。

蕭清明心想，面前的蛋炒飯確實不錯，只是近來讓他吃得津津有味的食物，今日竟然毫無味道，彷彿自己失去了味覺一般。

吃過飯，收拾好鍋碗瓢盆，紀婉兒回到廂房，看到床上的包袱時，她才想起自己忘了昨日跟孫杏花說好的事情。

原主留下很多衣裳，但是她不需要，既然沒要穿，不如拿一些給雲霜，只不過那些衣裳對雲霜來說有些大，得改改才行。紀婉兒不會改，但是孫杏花會改，她下午就收拾好了，但隔壁一直沒人，直到剛剛做飯時，孫杏花家才有動靜。她本想著拿好柴火就送過去，沒想到遇到趙順子那件事，就耽擱了。

其實送衣裳這件事不急於一時，明日再送去也行，但既然已經收拾好了，還是今日去吧。這麼一想，紀婉兒就抱著包袱打算出門了，不料她才剛走到房門口，手腕就被人抓住了。

紀婉兒著實嚇到了，原來房間裡除了她還有其他人……是誰?!

她正想要大喊，可藉著屋外微弱的月光，她看清了對方的臉。

是蕭清明！還好是蕭清明……兩個念頭一前一後在心中閃現。紀婉兒肩膀一鬆，閉了閉眼，長吁了一口氣。

在被人抓住手腕那一瞬間，紀婉兒還以為是歹人，心裡慌得不得了。雖然發現是蕭清明以後就不害怕了，但是內心還殘留些許恐懼。

「你幹麼呀？嚇死我了，我還以為家裡進賊了呢。」紀婉兒自己都沒察覺她的語氣中帶著些許抱怨，又含著一絲嗔怪。

等她說完，才意識到事情有些不對勁。蕭清明吃飽飯不去讀書，回房裡做什麼？而且回來就回來啊，為何要抓著她不放？

紀婉兒有些疑惑地看著自己的手腕，說道：「夫君這是何意？」

蕭清明連忙鬆開手，抿了抿唇，問道：「妳這是……要去哪裡？」

紀婉兒怔了一下，這還是蕭清明第一次問她的去向，真是奇怪，她平時出門，他從來不問的。

「要去杏花嫂子家。」紀婉兒解釋。

「喔。」蕭清明應了一聲。

「你有事？」紀婉兒問道。沒事的話，他不會在房裡等她，肯定是有什麼事。

蕭清明瞥了她一眼，搖了搖頭說：「沒事。」說完就轉身去了書房。

紀婉兒有些不解，蕭清明這是怎麼了，為何行為舉止有些奇怪？

想了一會兒沒能想通，紀婉兒便又抬腳出門，可剛走出去幾步，站在書房窗口外時，她就愣住了。

這個位置正好能看到院門外，難道……剛剛的事情被蕭清明發現了？

紀婉兒頓時覺得自己整個人都不太好了。

蕭清明坐在書桌前，雖然在看書，卻絲毫無法集中精神。

他不知道自己究竟是怎麼了，為何在看到紀婉兒跟別的男子拉拉扯扯時，胸口會有些疼痛，還喘不過氣。他抬手按住自己的心口，那種憋悶的感覺仍然存在。

這種事情已經不是第一次了，幾個月前他就在鎮上見過。那日他去鎮上買筆墨，一出店門，就看到她在街上逛，身旁跟著一個男子，兩個人有說有笑的，她從他身邊經過時，並未看到他。

那時，他站在書肆外停留了許久，才抬步離開。他當時是有些在意，畢竟沒有哪個丈夫能忍受妻子跟其他男子有這種「交流」。返家之後，他客氣地提醒了紀婉兒，她也答應他不會再這樣。

後來，蕭清明又見過一回，只不過她身邊換了一個人，也就是今日找上門的男子，那天她買了一塊玉珮送給他。

這次，蕭清明什麼都沒跟她說。他想，她早晚會跟他和離吧。

回到家，進了書房，蕭清明的注意力立刻轉移到書本上，漸漸地將這些瑣事拋之腦後。也是從那日起，他跟她之間的關係降到了冰點。

方才，他又看到了同樣的事情，可他的感覺卻跟前兩次不太一樣。他的胸口像是壓著一塊沈重的石頭一般，讓他無法呼吸，而最能讓他平心靜氣的書，此刻也如同鬼畫符似的，一點都沒看進腦子去。

不僅如此，他竟然……想去收拾掉那個男人。從小到大別說是打架了，連真正跟人吵上一架這種事都不曾發生過，為何會產生這種不理智的衝動？

其實他剛才已經很不冷靜了，吃過飯後不去讀書，而是想質問紀婉兒，在看到她拿著包袱要走的時候，他真的難受到不行。

意識到自己在書本之外的事情上投入了太多關注，蕭清明深深地吸了幾口氣，再次把目光轉向面前的書本，強迫自己冷靜下來。

就在此時，蕭清明聽到了開門聲，他猛然站起身來。

她剛剛拿著包袱，說是要去三嫂家？應該不是騙他的吧……

紀婉兒站在院子裡吹了一會兒冷風，突然沒心情去找孫杏花了。她看了看手中的包袱，轉身回房。

聽到關門聲，蕭清明緊繃的心頓時放鬆，緩緩坐下了。若她真的要跟他和離，他好像沒有自己想像中平靜。

蕭清明閉上眼，靠在椅子的靠背上，眼前浮現出最近發生的種種。

他想到紀婉兒招呼他吃飯、想到她喊他夫君、想到她如桃花般燦爛的笑容；想到她跟弟弟妹妹之間的歡聲笑語，想到她做的美味飯菜，還想到……剛剛那刺眼的一幕。

他原以為她跟從前不一樣了，難道那些狀況好轉的跡象都是騙人的嗎？

愈想，愈令人不安。過了許久，蕭清明打開抽屜，拿出幾張紙起身出門去了。

他不想讓她走了。

回房之後，紀婉兒坐在床邊思考了許久。最壞的結果，就是蕭清明親眼看到她跟趙順子兩個的事。小說後期，蕭清明成為權臣，這足以說明他不笨，說不定他早就知曉了原主跟趙順子之間的事情。她不知道蕭清明會怎麼做，會生氣嗎？會不會因此報復她？

可想到蕭清明最近的變化，紀婉兒又覺得他未必會出手整治她，說不定還會原諒她。總歸一句話，逃避不是解決問題的辦法，她決定跟蕭清明解釋清楚。

這麼一想，紀婉兒心中舒服多了，她正打算去找蕭清明，就聽到書房的門打開了，她頓時緊張起來。然而過了一會兒，只聽到院門被開啟的聲音，卻沒有聽到進院子的腳步聲，顯然那人是原本待在家裡的蕭清明。

他這是出門了？大晚上的，幹什麼去了？

紀婉兒有些疑惑。蕭清明這個時間出去……該不會是因為剛剛那件事吧？

這個想法讓紀婉兒惴惴不安，她連忙打開房門跑了出去，可當她跑到院門口時，蕭清明早就沒了蹤影，月亮被雲遮住，外面一片黑漆漆的，不僅如此，不遠處還傳來此起彼伏的狗吠聲。

紀婉兒嚇得哆嗦了一下，趕緊關好院門回了房。

回房之後，紀婉兒去沐浴了，隨後她就坐在床邊等候蕭清明。等啊等，等啊等，等到她快睡著時，終於聽到外面有動靜了。聽到開門聲，紀婉兒立刻清醒過來，她在想開門的人究竟是誰，是蕭清明，還是賊人？

現在家裡一共就三個人，她算是唯一的大人，得堅強起來才行。這麼一想，她忽然有些想念蕭清明了。雖然他看起來很是瘦弱，不能幹活，可他好歹是個男人，要是真遇上賊，多少比她管用。

等了許久，都沒人過來開房門，紀婉兒越發懷疑外面的人不是蕭清明。她透過窗戶往外看了看，卻沒看清人在哪裡，她連忙跑到房門口，把頂門棍拿在手中。

此時，紀婉兒隱約聽到外面有水流聲，她想出去查看一番，可是又不敢。她把注意力放在隔壁堂屋的門上，決定若是聽到開門聲，她馬上就衝出去。

又等了一會兒，堂屋的門沒被打開，相反的，紀婉兒察覺外面的腳步聲愈來愈大，那人也離她愈來愈近。這時，門發出了聲響，那人推了一下沒能推開門，就停下了動作。

紀婉兒早就閂上門了，聽到推門聲，她下意識握緊了手中的頂門棍，可等了一下，外頭居然沒反應了。

渾身冷汗的紀婉兒透過門縫看了過去，沒想到那人竟然還站在房門口，而且那身影很是熟悉……是蕭清明，她不禁鬆了一口氣。

「夫君？」紀婉兒問了一聲。

「嗯。」蕭清明應了。

紀婉兒連忙打開房門，在見到蕭清明的那一瞬間，她就把之前要問的話暫時忘掉了，急著宣洩累積已久的緊張情緒。「你嚇死人了，回來了怎麼不叫我？」

蕭清明推了一下門就停下動作，若是她睡著了，肯定是聽不到的，難道要指望她跟他心有靈犀嗎？

蕭清明抿了抿唇，回道：「我怕吵醒妳。」

紀婉兒突然覺得蕭清明很是可憐，怕吵醒她就不叫她了嗎？她若是不問，他這是想在門外站一夜？「我若沒來為你開門呢？你打算如何？」

蕭清明掃了紀婉兒一眼，沒回答這個問題。

房間沒點燈，紀婉兒看不清蕭清明臉上的表情，只覺得黑暗中他那雙眼睛亮亮的，身上似乎還有未乾的水珠。

紀婉兒心想，蕭清明剛剛應該是在用冷水沐浴吧，晚上的風比白日要涼一些，她洗完澡許久了還覺得身上涼，他怕是更冷吧。

裹了裹身上的衣裳，紀婉兒往旁邊讓了一條路出來，說道：「快進來吧。」

沒多久，他們一個窩在床上，一個躺在地上。

此刻紀婉兒終於想起糾結了她一整晚的事，在跟蕭清明說之前，她決定先聊聊其他話題，免得太過突兀。「夫君，這麼晚了，你剛剛做什麼去了？」

只見蕭清明沈默不語，一聲不吭。

當房間裡陷入一片死寂時，紀婉兒突然有些後悔問這個問題了。他們之間似乎還沒熟到能問彼此的去向，她真的起了一個不太好的頭。

就在她以為蕭清明不會回答時，就聽他說道：「去茅廁了。」

去茅廁？去了一個時辰？這是當她三歲小孩，騙她呢！

「那你以後要多運動，不要老是在書房裡待著，免得——」

便秘。

紀婉兒本想調侃一下蕭清明，可後面那個詞脫口而出之前，她猛然打住了。

「咳，總之，多吃蔬菜、多運動，對身體好。」紀婉兒尷尬死了。

誰知蕭清明一本正經地應了一聲。「好。」

這下氣氛更尷尬了。紀婉兒實在無法按照計劃進行，也沒辦法說出想說的話。罷了，明日再提吧。

隔天一早，下起了淅瀝淅瀝的小雨。昨晚紀婉兒心頭紛亂，本來還想著今日要不要歇一歇，別去鎮上賣吃食了，沒想到老天爺替她作了決定。

見蕭清明起床了，紀婉兒想提一提那件事，可她張了張口，又閉上了。算了，晚上再說吧，他還要讀書，要是這個時候說了，多少會影響他學習。

想清楚之後，紀婉兒又躺回了床上。看著蕭清明前去讀書的背影，她忽然覺得很爽，有一種其他小朋友都要去上學，她卻能偷懶一日的感覺。裹上被子，她又睡了。

許是平日已經習慣在這個時間點起床了，睡了小半個時辰，紀婉兒就醒了。聽著屋外的雨聲，不知為何，她感覺整個人神清氣爽。

雲霜和子安知曉下雨不去鎮上，也沒來叫紀婉兒。她打開門，就看到他倆站在屋簷下玩雨。

洗漱完，紀婉兒就去做飯，雲霜也跟過來了。做早飯時，紀婉兒不自覺地望向書房，想起了昨晚的事情。

一是蕭清明到底幹什麼去了，二是他究竟有沒有看到她跟趙順子兩個人在外頭。

「嫂子，火太大，饅頭要糊了。」雲霜連忙提醒。

「啊？」紀婉兒回過神來。

平時都是雲霜燒火，可紀婉兒今日靜不下心來，就自己坐在灶前燒火，順便思考一下事情，沒想到竟然走神了。

她立刻從鍋底抽出一些柴火，試圖讓火勢轉小，可不知怎麼回事，她怎麼弄都弄不好，雲霜見狀，趕緊上前幫忙。

紀婉兒內心有些煩躁，乾脆把事情全交給雲霜處理了。

吃早飯時，紀婉兒看向蕭清明，慢慢的，他的臉又紅了。

紀婉兒正盯著蕭清明的臉出神，卻見他忽然抬頭迅速瞥了她一眼，隨後掰下糊掉的饅頭，把好的那一半遞給她。「娘子，吃飯。」

沒料到蕭清明會這麼做，紀婉兒愣愣地接過饅頭，整個人處於失神狀態。

蕭清明把饅頭遞給紀婉兒之後，自己吃下糊掉的部分。

眼前發生的事情讓紀婉兒驚訝極了。蕭清明這是怎麼啦？怎麼跟換了個人似的，竟知道拿東西給她吃了，而且還是把好的留給她，自己吃不好的……他什麼時候變得這麼體貼了？

紀婉兒盯著蕭清明研究了起來，試圖從他臉上找出端倪——他的長相依舊英俊，可兩道眉毛的線條卻不再那麼冷硬，眼神也柔和了幾分。

不過……這麼仔細一看，她才發現蕭清明的臉受傷了，右邊臉頰上有一處瘀青。

紀婉兒微微蹙眉，不經思考就說出了內心的想法。「你的臉怎麼受傷了？誰打的？」打人不打臉不知道嗎？誰這麼沒數！

蕭清明的神情明顯有些慌亂，他迅速瞥了她一下，又垂下眼眸，吃了一口饅頭，說道：

「沒事，昨夜……昨夜不小心摔倒，磕到的。」

紀婉兒看得出來蕭清明在撒謊，她又問了一遍。「真的？」

蕭清明不敢看她，只點頭道：「嗯。」

敢不跟她說實話?!紀婉兒挑了挑眉，低聲道：「下回夫君如廁時可要注意些，不然就不僅僅是磕到臉這麼簡單了。」

聽到紀婉兒的話，蕭清明整張臉頓時漲紅，一個字都說不出來。

雲霜和子安一直在專心吃飯，而且剛才紀婉兒說最後一句話時聲音很輕，他們沒聽到，只看到自家兄長的臉愈來愈紅。

紀婉兒沒料到蕭清明的反應會這麼強烈，想到自己方才說的話，忽然覺得有些不合適，她實在不該跟男子在飯桌上談論這種事的。

輕咳一聲，紀婉兒說道：「那個……吃飯吧。」

第十七章 欲言又止

說要吃飯，可紀婉兒這會兒卻有些吃不下了。她心想，不管是不是男子，在飯桌上就不該跟任何人討論這種問題，真的是太影響食慾了。

紀婉兒轉頭看向蕭清明，這會兒他的臉已經沒那麼紅了，正在吃饅頭。他倒是無所謂，方才那番話絲毫沒對他造成困擾。

雲霜不知昨晚發生的事情，只覺得兄嫂的關係比從前更加親密，令她開心極了。見弟弟已經吃完，她連忙悄悄拉著他離開，留給兄嫂獨處的空間。

紀婉兒的心思都在蕭清明身上，並未發現姊弟倆的小動作。

飯後蕭清明去了書房，紀婉兒則去廚屋刷鍋洗碗，忙完之後她便回到廂房。看著床上的包袱，她想到昨日沒去找孫杏花，正好今日不去鎮上，她便叫上雲霜，打算去隔壁。

出門之前，紀婉兒又想到昨晚她拿走包袱時，蕭清明問了她的去向……思索片刻，她轉身敲響書房的門，推開門之後，她指了指手中的包袱，解釋道：「夫君，雲霜沒什麼衣裳穿，我想讓杏花嫂子幫忙改我的衣裳給她穿，這些都好好的，沒壞。」

見紀婉兒主動找他說明，蕭清明看起來有些開心，點頭道：「嗯，知道了。」

紀婉兒不禁猜想，他心情這麼愉悅，是因為她對他妹妹好嗎？

當紀婉兒拿著包袱、領著雲霜去隔壁時，孫杏花正好在家。

孫杏花原以為紀婉兒拿過來的衣裳是比較破舊的，沒想到狀態相當良好。她看了紀婉兒一眼，就對一旁的雲霜說道：「雲霜，妳嫂子待妳可真好，這衣裳料子不便宜，而且一點都沒壞，妳得好好謝謝妳嫂子。」

雲霜沒料到自家嫂子會這麼大方，她緊張地看向紀婉兒。

「嫂子，用……用不著拿這麼好的來改，我有衣裳穿的。」雲霜下意識地用手絞著自己的衣角。

不管是婚前還是婚後，原主都沒缺過衣裳，那些衣料都不算差，有些甚至是用極好的料子裁的。不過衣裳這麼多，紀婉兒穿不過來就算了，有的也不符合她的審美觀，既然不穿，倒不如給雲霜。

紀婉兒確認過了，雲霜目前只有四套衣裳——冬衣、夏衣各一套，春秋共穿一套，剩下一套是她剛買給她的，實在少得可憐。

「妳這是嫌棄嫂子穿過了嗎？」紀婉兒佯裝生氣。

「不不不，不是不是。」雲霜連忙擺手解釋。「這衣裳太好了，我還在長個子，改了給我穿太浪費。」

「我不穿，放著也是浪費，等以後咱們有錢了，再買新衣裳。」紀婉兒道。這話是真心的，其實她覺得把自己的舊衣裳給別人穿不太好，只是如今家裡沒錢，只能暫時這麼處理。若是有錢，她不會讓雲霜穿她穿過的衣裳。

雲霜抿了抿唇，沒再說什麼，但眼底流露出了對紀婉兒的感激。

「以後啊，妳跟子安都要好好對待妳嫂子。」孫杏花道。

「嗯，一定會的。」雲霜鄭重保證道。

孫杏花在修改衣裳的時候，紀婉兒在一旁跟著學。雲霜也瞧得挺認真的，她本來就會針線活，只不過之前沒人指點她，這會兒瞧孫杏花在改衣裳，她不禁拿起針線試了試。

說實話，紀婉兒對這個並不感興趣，試了幾下就放棄了，她在做料理方面有些天賦，卻拿針線活一點辦法都沒有。反正回家也沒事做，她便待在這邊跟孫杏花聊天。

還沒到晚飯時間，三套衣裳就都已經改好了。薑黃色、粉色、翠綠色各一，穿在雲霜身上漂亮極了，像是變了一個人似的。

「哇，真好看。」滿兒一臉羨慕地說。

孫杏花說道：「雲霜模樣生得好，這衣裳正巧襯她。再加上最近這些日子長了點肉，臉色也好起來了。」

「確實好看。」紀婉兒愈看愈滿意。雲霜原本就長得清秀，這會兒臉圓潤了些，膚色也變白，再穿上顏色鮮亮的衣裳，就襯得人更嬌嫩了。

雲霜被誇得小臉微紅，有些手足無措。

紀婉兒已經麻煩孫杏花幾次了，那日做新床他們不收錢，這回改衣裳總要收了吧，要不別說這鄰居沒得做了，紀婉兒心裡也過意不去。

「嫂子，之前妳跟三哥來我家幫忙，我想著兩家的情分，就沒好意思提付錢的事。如今妳又忙活了一日，這回無論如何都得把錢收下。」紀婉兒真誠地說道。

對孫杏花而言，她要是不想幫忙，壓根兒不會向紀婉兒提起自己會改衣裳的事情，既然提了，就不會收錢。

紀婉兒這些日子往她家送了不少好吃的，雖說她之前為雲霜和子安送過吃食，但相較於紀婉兒送的，那些都是便宜貨，兩者明顯不對等。她不希望以後村裡人戳她兩個孩子的脊骨，罵他們占別人便宜、沒出息。

拒絕了幾次，孫杏花見紀婉兒是真心想給錢，態度又堅定，便道：「清明媳婦兒，錢我是不會收的，妳若實在過意不去，能不能……嗯，能不能幫我一個忙？」

孫杏花覺得自己提出來的要求有些過分，不禁有些猶豫，可為了女兒的將來，她又忍不住想說。

紀婉兒連忙道：「嫂子請說，能幫的我一定幫。」孫杏花兩口子幫了她不少忙，她正愁著沒法報答，又怎麼會不答應。

「那好，嫂子就厚著臉皮說了。」孫杏花下定決心說了出來。「妳能不能教滿兒做幾道菜？」

紀婉兒還以為是什麼大事，沒想到這麼簡單，她立刻回道：「嫂子想讓滿兒學做什麼菜？只要我會的，一定教她！」

見紀婉兒答應了，孫杏花心頭一鬆，看向了女兒。滿兒見狀，連忙走了過來。

孫杏花笑著說：「什麼都行，教她做四道肉菜跟四道素菜，一共八道菜就行，像那日在妳家吃的那些。」

他們這邊有個習俗，新媳婦兒嫁過去第二日要為夫家做飯，要是做得不好，會被人笑話；要是做得好，會得到夫家的讚揚。她本來覺得自己做飯還行，讓女兒跟著她學學就好，但那日她吃到紀婉兒做的菜時，就萌生了這個想法。

紀婉兒明白孫杏花的意思了，她琢磨了一下，回道：「行，這個沒問題。」

孫杏花沒想到紀婉兒這麼快就答應了，很是驚喜。她看著表情有些呆滯的女兒，連忙將她往前推了推，說道：「滿兒，還不快謝謝妳嬸娘?!」

滿兒非常喜歡紀婉兒做的料理，能跟她學煮菜，她既開心又激動地說：「多謝嬸娘。」

紀婉兒摸了摸滿兒的頭髮，笑道：「客氣什麼？」

孫杏花道：「清明媳婦兒，妳就隨便使喚她，讓她為妳撿柴火、燒火、挑水都沒問題。」

紀婉兒開玩笑地回道：「那敢情好，又多了一個能幫忙的人了！」

孫杏花覺得紀婉兒實在太夠意思了，為了回報她，她又說道：「妳若是想學針線活，就來找我，我做飯雖然沒妳好，但裁剪衣裳還行。」

對孫杏花而言，這是她比較有優勢的地方，女兒去學做菜、她教針線手藝，大家交換學習，這樣她內心也比較過得去。

紀婉兒剛想拒絕，又想到了一件事。她心念一動，瞥了雲霜一下。「嫂子，我不愛拿針線，妳要是得空的話，能不能指點指點雲霜？」

她見雲霜對針線活有興趣，如能習得一技之長，對她的將來也很有助益。

聽到這話，孫杏花不禁高看了紀婉兒一眼，覺得嫂子做到她這個分兒上也是不容易了，便笑著說：「沒問題，雲霜要是有啥不會的就過來找我。」

紀婉兒朝著雲霜示意，雲霜連忙對孫杏花說道：「多謝三嫂！」

瞧著天色變暗，紀婉兒帶著雲霜回去了。外頭依舊淅淅瀝瀝下著小雨，雨下了一整日，不大，但一直沒停。

下雨天，感覺上比平常要冷一些，最好吃些熱呼呼的東西，而且紀婉兒準備睡前跟蕭清明講昨天那件事，於是她打算做他最愛吃的籠絡他，也就是麵。最近忙得團團轉，她好久沒擀麵條了。

瞧著熱騰騰的湯麵，子安和雲霜開心極了；蕭清明最愛吃麵，自然也很歡喜，只是他不像弟弟妹妹那樣會把情緒表現在臉上，而是展現在行動上——一共吃了兩大碗。

見蕭清明吃得多，紀婉兒非常滿意。在他離開堂屋之前，她笑道：「今日天冷，大君早些回屋歇著吧。」

蕭清明臉色微紅，忍不住偷偷瞄了紀婉兒一下。

或許是紀婉兒的湯麵攻勢奏效，今晚不到亥時，他就回房了。

紀婉兒早已為他鋪好了床鋪，還打招呼道：「你回來啦，夫君。」

蕭清明心想，她待他真是愈來愈好了，只是若她知曉了他昨晚的行為，不知道會不會討厭他……

可他不後悔。想到這些，蕭清明抿了抿唇，應了一聲。「嗯。」

嗯……蕭清明似乎心情不錯？等他躺下，紀婉兒便鼓足勇氣開口。「夫君，昨日傍晚有人來找我，他——」

「我很睏，先睡了。」

紀婉兒一時無語。她想過無數種可能，唯獨沒想到蕭清明會直接打斷她，不聽她解釋。

「我……」紀婉兒又張了張嘴，卻始終沒能把話說出口。罷了，他既然不聽，她又能說什麼？

紀婉兒深深嘆了口氣，閉上眼打算睡覺，可腦海中卻不停回想起剛剛蕭清明說的話。想著想著，理智回歸，紀婉兒的頭腦也越發清醒——這短短六個字，透露出了許多訊息。

這是不是能解釋為蕭清明已經知道了昨日的事？那在他知道之後，他做了什麼呢？

他先是回房問她要去哪裡，然後又獨自一人離家；回來以後沒敢敲門，怕吵醒她；今日吃飯時，待她也比從前更體貼。所以，他沒因為那件事生她的氣，反而待她更好了？

這跟書裡寫的不一樣，說不定她擔心的事情不會發生。

方才紀婉兒還因為蕭清明不想聽她解釋而有些鬱悶，這會兒她的心情可是輕鬆多了。他沒生氣就好，往後她可以再找機會跟他說清楚。

隔日，天氣放晴，紀婉兒又準備出門去賣吃食了。

臨走之前，她去書房跟蕭清明說了一聲。「夫君，我帶著雲霜還有子安去鎮上賣吃的了，鍋裡留了幾個豆渣餅，你若是餓了，就先吃一些墊墊肚子，等我回來再做飯。」

自從蕭清明問她的去向，紀婉兒就反省了一下。大家明明生活在一個屋簷下，可她卻幾乎沒提過自己要去做什麼，既忽視他，也不尊重他。或許蕭清明不在意，但她應該禮貌性打聲招呼。

見蕭清明如往常一般低著頭看書，紀婉兒沒想過要得到他的回應，說完轉身就走。

結果她剛走了兩步，身後就傳來了蕭清明的聲音。「嗯，好，多……多謝娘……娘子。」

紀婉兒停下腳步，驚訝地轉身看向蕭清明。

喲，那雙只盯著書本的眼睛現在瞧著她了，她竟然有辦法把他的注意力從書上挪開，而他還知道跟她道謝了？這可是破天荒頭一遭啊，也太不容易了吧?!

紀婉兒笑著說：「客氣啥，你不是我夫君嗎？應該的。」

她說完這些，就見蕭清明的眼神變得飄忽，臉上也漸漸爬滿了紅暈，手無意識地撥弄著書角，一會兒捲起來，一會兒又撫平。

紀婉兒突然有一股衝動，想捏一捏蕭清明的臉，可這個動作太過孟浪，剛生出這種想法，就被她自己否定了。

「我走啦，夫君，你要好好讀書喔！」既然動不了手，紀婉兒便選擇在言語上逗了他一句。

瞧蕭清明紅著一張臉、認真點頭的模樣，紀婉兒開心得都想唱歌了。她朝蕭清明揮了揮手，輕輕關上門，退出了書房。

蕭清明的眼神一直追隨著紀婉兒，看她走出書房，又透過窗戶看著她離開家裡。

等四周變得寂靜，只剩他一人時，蕭清明點了點頭，回應了紀婉兒剛剛的話。「嗯。」

沒多久，紀婉兒和雲霜、子安三個人到了鎮上，還沒走到之前的巷子口，就有幾個食客圍了過來，大家七嘴八舌地說著話。

「小娘子，你們昨日怎麼沒來？我等啊等，等到巳時，餓得不得了，才去旁邊吃了點東西。」

「是啊，我以為你們去了其他地方，還四處找了找，結果沒找到。」

紀婉兒連忙說道：「抱歉抱歉，昨日下雨了就沒來，今日免費送大家雞蛋豆渣餅。」

「老闆娘真大方。」

「送不送東西無所謂，趕緊給我來一碗，我想了一整日了。」

「小娘子還是找個鋪子吧，要是天天下雨，咱們豈不是沒得吃了？」

「就是就是。」

紀婉兒也想找個鋪子，可惜手頭上的錢不夠，但她沒解釋什麼，笑著應下了。

賣完豆腐腦跟豆渣餅，紀婉兒想到之前作的決定——弄一套桌子跟板凳。她不打算自己做了，要用買的。

雖說蕭大江會做，但是按照雙方的關係，他們肯定不收錢。修屋頂、做新床跟改衣服都麻煩過人家了，就算答應教滿兒做菜，她也不好意思再找他們了。雖然在鎮上要多花些銀錢，但至少不用再欠對方人情了，人情債，向來是最難還的。

買之前，得先去找好能放置的地方。透過這一段時間的觀察，巷子口裡面第二戶人家起得很早，女主人總是滿臉笑容，對人的態度也好——紀婉兒直接朝那戶人家走去。

由於紀婉兒日日在巷子口賣豆腐腦，附近的住戶也都認識她了。一聽她的來意，女主人立刻同意，畢竟他們家院子大得很，只不過多放一套桌子跟板凳，一個月還能收十文錢，值了。

商議好之後，紀婉兒去買東西了。一張桌子跟四張板凳共二十文錢，再加上給那戶人家的租金，合計花了她三十文錢。

做完了這些事，紀婉兒帶著兩個孩子去了菜市場。各種調料、木耳和香菇已經用得差不多，雞蛋也要買一些，還有她打算再包一些包子，所以又買了些肉和肉皮。

買完東西，剛從菜市場出來，正打算回家時，紀婉兒聽到了一個八卦。

第十八章　顧此失彼

「欸，你聽說了嗎？趙員外家的公子讓人給打了！」

「啥？有人敢打他啊，那人是外地人吧，不知道趙員外家是出了名的難纏嗎？這可就麻煩了，還不得賠光家產？」

「聽說不光打了他，還把他身上的玉珮跟簪子都搶了。」

「唷，終於有人看他不順眼，要收拾他了！」

「他家能願意？趙員外家早就沒錢了，還不得鬧個天翻地覆?!」

「老姊姊，這妳就不知道了吧？聽說他勾搭了一個婦人，人家丈夫不願意了，說有證據，要送他去見官哪，他只得打落牙齒往肚裡嚥。」

一聽這話，大夥兒來了興趣，有人小聲問道：「知道是誰家的媳婦兒嗎？」

紀婉兒心裡不禁咯噔一下。

只見那人搖了搖頭道：「不知道，趙家沒說。我估摸著可能是哪個大戶人家，要不他們怎麼不敢說呢？」

「活該！讓他再不正經，天天禍害人家小姑娘。」

「他家就是紙老虎，欺軟怕硬！」

「老天有眼啊，可是怎麼沒打死他呢？」

「這也算是大快人心了！」

後頭紀婉兒就沒再往下聽了，她加快腳步，帶著雲霜和子安離開了鎮上。

想到蕭清明臉上的瘀青，還有他那天晚上出去那麼久……紀婉兒心想，難不成蕭清明真的沒說實話，那晚他不是去茅廁，而是去打趙順子了？

這兩者，呃，倒是有些相同之處啦，不完全算是撒謊。

遠在家裡的蕭清明忍不住打了個噴嚏。

吃早飯時，想到剛剛在鎮上聽到的事情，紀婉兒迅速地掃了蕭清明一眼。

昨日她還覺得蕭清明臉上的瘀青有些礙眼，今日一瞧卻覺得順眼了許多。可說到底，他就是妥妥的一個白面書生，真的會去跟人打架嗎？怎麼看都覺得不可能。

紀婉兒其實很想問蕭清明是不是他幹的，可想到昨晚她提起那件事情時他的態度……她覺得即便她問了，他也不會回答。

至於蕭清明會不會因此得罪趙員外家，這一點紀婉兒完全沒放在心上。蕭清明未來可是要成為權臣的人，心機、謀略、智商樣樣不缺，雖說現在他連個秀才都沒考上，但她就是覺得這個人厲害得很。

與其擔心趙員外家來找他們的麻煩，倒不如替趙員外家惹上蕭清明而擔憂。當然了，她絕對不會管趙順子的死活，畢竟他真不是什麼好人，被打被搶只能說是自找的。

不過呢，這會兒這麼一看，紀婉兒又發現了其他問題——蕭清明的衣裳破了，再仔細一瞧，竟是破了好幾處。有些瞧著像是剛弄破的，有些卻像是穿久了所以磨破，壞了不是一、兩日了。

她之前不怎麼關注蕭清明，沒注意到這點，現在是該幫忙修補一下了。「你的衣裳破了，脫下來我幫你補補吧。」

一聽到這句話，蕭清明手裡的碗險些沒端穩，他連忙捧好碗，紅著臉小聲道：「不、不用。」

「還是脫下來補補吧，雖然你不常出門，但這衣裳要是不補，就壞得快了。」紀婉兒道。

蕭清明看了紀婉兒一眼，抿了抿唇，嘴角有那麼一點上揚。

紀婉兒見蕭清明這模樣，猜測他是答應了，便轉頭看向雲霜道：「雲霜，一會兒吃過飯，妳幫妳兄長補補。」她那種針線活水準，還是別拿出來丟人現眼了。

「嗯，知道了，嫂子。」雲霜一口應下，隨後轉頭看向蕭清明說：「哥，你一會兒脫下來吧。」

蕭清明卻像是沒聽到一般，垂眸端著碗，繼續吃飯。

他的臉色雖然微微變了，然而同桌吃飯的人並未發現，只因他平常極少說話或回應，所以紀婉兒和雲霜說完以後就繼續吃飯，還有說有笑的。

「張奶奶走之前跟妳說啥？」紀婉兒問道。張奶奶是他們的老主顧，常常跟他們聊天，不忙的時候，紀婉兒也會跟她聊幾句。今日張奶奶本來要跟她說話，可當時她在忙，就沒顧上。

「她跟我說咱們家豆腐腦好吃，明日讓我多給她留一碗，她要帶朋友來吃。」雲霜回道。

「行，明日給她多留一碗。」紀婉兒道。

子安如今已經不怕紀婉兒了，他聽到這話，笑著說：「嫂子，我也好久沒吃了，明天一早想吃。」

紀婉兒笑著說：「好啊，明早到了鎮上之後，先給你盛一碗。」

他們雖然日日去賣豆腐腦，可這東西卻很少出現在餐桌上，紀婉兒察覺自己忽略了這點，其實雲霜跟子安沒吃過幾次，想吃也是正常的。

子安開心地應道：「嗯！」

紀婉兒又轉頭問雲霜。「雲霜，妳明早要不要吃？」

見雲霜笑著點頭，紀婉兒道：「好，那咱們明日多做一些。」說罷，她又繼續吃飯了。

蕭清明等了一會兒，什麼都沒等到，他抬頭盯著紀婉兒，心想：她不是說要幫他補衣服嗎？為什麼忽然叫雲霜補了？不給他一個解釋嗎？

察覺到他的目光，紀婉兒轉頭看向他，愣怔了一下後，她說道：「你吃完了是吧？那你先去讀書吧，一會兒等雲霜吃完再幫你補。」

蕭清明無語地放下碗筷，板著一張臉離開了堂屋。

雲霜跟蕭清明相處多年，可以說是這裡最了解他的人，她率先發現了他的異常。瞧著兄長的背影消失在眼前，雲霜小聲道：「嫂子，我怎麼覺得哥哥有點不開心啊？」

「啊？有嗎？」紀婉兒疑惑地看著雲霜。

子安嘴裡塞滿了油餅，鼓著腮幫子道：「沒有吧，姊妳肯定看錯了，哥哥不是一直都是那樣嗎？」說完，他端起蛋花湯喝了一口。

紀婉兒認同地頷首道：「的確，妳兄長總是那樣。」

雲霜見嫂嫂和弟弟都覺得哥哥沒問題，便懷疑自己看錯了，又接著跟嫂子說起賣吃食的事情。他們三人說得開心，笑聲時不時傳到書房那邊。

蕭清明發現，不知從何時起，他就被這個家裡的人孤立了。這種感覺著實不好，他得慢慢融入才行，不然，哪一日她可能就真的走了。

吃過早飯，紀婉兒去處理食材。她今日打算做些灌湯包，做灌湯包之前得先做肉凍。肉凍做好之後，紀婉兒去了菜地。雞仔不用她管，雲霜每日都會去餵牠們，還會打掃雞圈。打理完菜地，她就回房去了。

如今紀婉兒每日最重要的例行公事，就是數錢。今日買桌子跟板凳花了二十文錢，租金十文錢；去了一趟菜市場，又花了三十文錢。今日賣吃食不光沒賺到錢，還倒貼了不少，不過她並不覺得可惜，畢竟這些都是必要的支出。收好錢之後，紀婉兒就躺在床上休息了。

天漸漸暖和，一直到快要吃晚飯的時候，肉凍才凝結成塊。

紀婉兒舀了一些麵粉出來，加水揉成麵團，放在一旁醒發；接下來，她拿出早上買的肉，用刀剁爛放入小盆中，往裡面加入蔥、薑、鹽以及她的秘製調料，再打入兩顆雞蛋攪拌均勻；最後將肉凍切成碎丁，和肉餡混合在一起。

等麵醒發完成，紀婉兒開始擀灌湯包的皮，擀得比餃子皮稍微大一點點。擀好之後，將調好的肉餡包進去，全部包好後上鍋蒸。由於灌湯包的皮比較薄，因此很快就熟了。

聞著從鍋裡飄出來的香氣，子安嚥了嚥口水，問道：「嫂子，妳這回弄的包子怎麼特別香啊。」

最近他吃了不少好吃的，蛋就不說了，對肉的味道已經可以說是相當熟悉，可今日這包子的香味還是勾得他肚子裡的饞蟲蠢蠢欲動。

紀婉兒笑著說：「今天這個是灌湯包。」

「灌湯包？」子安一臉疑惑。

「可剛剛嫂子沒往裡面放湯啊，為啥叫這個名字？」雲霜一直在旁邊幫忙，看得一清二楚，裡面分明沒湯。難道是……吃的時候再往裡面灌？

「吃的時候你們就知道了，不過這包子的吃法跟普通的不太一樣，一會兒我教你們。」紀婉兒沒說出答案，故意賣了個關子。

「好！」雲霜和子安笑著應下了。

嫂子做啥都好吃，雖然他們沒吃過這種包子，可光是聞味道就讓人充滿了期待。

午飯時間一到，蕭家人坐在飯桌前，全眼巴巴地看著灌湯包。

紀婉兒挾起一個灌湯包，其他人也開始動筷子，因為她剛才特地交代過，所以雲霜和子安都挾著灌湯包，等著她教他們。

「這灌湯包跟其他包子不一樣，直接咬一口的話，會被……」

她話還沒說完，就聽見蕭清明發出了一聲喊叫。「嘶！」

紀婉兒轉頭看向蕭清明，迎著他痛苦的目光，她說出了後面兩個字。「……燙著。」

蕭清明一手捂著燙得通紅的嘴，一手挾著一個被咬了一口的灌湯包，臉上的神情有些無措。

「夫君，你怎麼這麼著急呢，我還沒說完呢，你就吃了。」紀婉兒嗔怪道。

蕭清明抿了抿唇，臉上的表情仍然有些扭曲，看來舌頭被燙得不輕，而且手中那被咬開的灌湯包還在往下滴湯水，這情況令他不知所措。

紀婉兒發現蕭清明的手腕被湯水濺到，連忙拿起飯桌上的抹布試圖幫他擦一擦。結果她的手剛碰到蕭清明的手腕，他就像是被燙著一般躲開了。

這個反應讓紀婉兒怔了一下——他這是嫌棄她？

蕭清明紅著臉拿走抹布，自己擦了起來。

紀婉兒瞥了他一眼後，轉頭看向兩個孩子道：「想必你們也看到了，灌湯包不能像普通的包子那樣吃。」

說著，她瞄了蕭清明一下。「如果像吃普通的包子那樣吃，會被燙傷的。」

蕭清明這會兒緩過來了，他正打算繼續吃灌湯包，察覺到其他三人投過來的目光，頓時讓他進退兩難，吃也不是，放下也不是。

見蕭清明又開始慌亂了，紀婉兒笑了笑，舉起手中的灌湯包道：「應該要這樣吃，先輕輕咬開一個口子，慢慢將裡面的湯汁吸進口中，仔細別燙著。」說完，她親自示範了一遍。

雲霜和子安看得很認真，跟著紀婉兒做了起來；蕭清明怕自己又被燙著了，也看向紀婉兒，打算跟她學一學。

「然後再整個吃掉。」紀婉兒吃下了灌湯包，問道：「怎麼樣，學會了嗎？」

雲霜和子安努力吃著這對他們來說格外特別的灌湯包，不住點頭。

「好吃嗎？」紀婉兒又問。

「好吃！」他們兩個異口同聲地答道，子安的聲音尤其洪亮。

見雲霜和子安已經開始吃第二個灌湯包了，蕭清明那邊還沒什麼反應，紀婉兒忍不住轉頭看著他，心想難不成他沒學會？

一看，紀婉兒這才發現蕭清明竟然在發呆，而且還是盯著她一動也不動……這是在想什麼？

她朝蕭清明笑了笑，試探地問道：「夫君，學會了嗎？」語氣比剛剛溫和了許多。

只見蕭清明瞬間慌亂起來，臉頰泛紅，一口吃下手中的灌湯包。

他原本想好好跟紀婉兒學一學的，可瞧著她示範，思緒就不知道飄到哪裡去了，滿腦子只剩下她殷紅的唇瓣——如花瓣一樣嬌嫩。

紀婉兒心中有一絲疑惑，覺得蕭清明的反應似乎有些奇怪，不過她沒多想，畢竟他平時差不多就是這個樣子，很容易害羞。

灌湯包這東西，紀婉兒好久沒吃了，再怎麼不饞肉的人也抵擋不住。況且民以食為天，美食當前，男人什麼的都往後面站吧！她專心致志地吃起了灌湯包。

蕭清明根本就沒專心學怎麼吃灌湯包，不過他看了一下就學會了。當然了，這回他沒敢看紀婉兒，看的是子安。

灌湯包實在太美味了，湯汁跟肉餡又鮮又嫩，子安都沒工夫說話了，一連吃了五個，他才想起剛剛的問題。

「嫂子，為啥裡面有湯汁啊？是包的時候往裡面倒的嗎？可要是倒了湯汁，怎麼包起來的呢？」

紀婉兒還沒回答，雲霜就開口道：「難不成是因為肉凍？」

嫂子剛剛做灌湯包的時候她全程觀看，也幫了忙。其他步驟跟平常的沒什麼區別，唯一的不同就是嫂子往裡面加了肉凍。可肉凍又不是湯汁，怎麼會變成湯呢？她還是想不明白。

紀婉兒給了雲霜一個讚賞的眼神，說道：「對，就是因為放了肉凍。你們也知道，肉凍本來是湯水，放一段時間之後會結成凍，若是天氣冷一些，就比較快成形；相反的，熱的話就會融化。包進去的時候是肉凍，上鍋一蒸，自然就變回了湯汁。」

子安一臉震驚地看著紀婉兒道：「嫂子，妳好厲害啊，不光能讓湯水結成凍，還能讓肉凍化成湯汁。」

紀婉兒伸手捏了捏他的臉，笑著說：「不是我厲害，這是肉皮的特性決定的。」

雲霜接過話頭，一臉崇拜地說：「那也是嫂子厲害啊，旁人都不會，只有嫂子會呢。」

紀婉兒雖然不喜歡那些阿諛奉承之人，但聽著雲霜和子安的彩虹屁，她還是挺開心的，畢竟孩子天真無邪，說出來的話可信度高。

一個愛聽，兩個愛說，三個人就這麼說說笑笑，氣氛熱烈。

蕭清明一邊嘗著灌湯包，眼睛一邊偷瞄紀婉兒。見她笑得開心，他忍不住看了看跟她聊得愉快的弟弟妹妹。

又吃了兩個灌湯包，蕭清明見紀婉兒樂得愈來愈開懷了，他張了張口，想說些什麼，可試了幾次，那些話還是說不出口，便又靜靜垂下了頭。

有些事情，他實在遠不如自己的弟弟妹妹，怪不得她更喜歡他們，不怎麼與他說話。

紀婉兒一共做了三十幾個灌湯包，一頓飯就全都吃完了，蛋花湯也喝得乾乾淨淨。

這餐雖然吃得開心，但算下來花了二十文錢左右。靠著賣豆腐腦跟豆渣餅，一日約能賺五十文錢，可一餐就花掉了一半，雖然很滿足，但也讓人心疼，這樣大方地吃吃喝喝，很難存得到錢。

手中的銀兩還是太少了，得多累積一些財富才是。這樣不管以後發生了什麼變故，都能有些底氣，也才能換取自己想要的一切。

第二天一早，紀婉兒多做了一些豆腐腦跟豆渣餅。當然，這不是一時腦熱，而是因為有了桌子跟板凳，她推測人可能會多一些。到了鎮上之後，她各為兩個孩子盛了一碗豆腐腦，讓他們先吃。

正如紀婉兒猜想的，有地方能坐著吃，客人就多了起來，雖然她多做了一些，但很快就賣完了。收拾好器具，又寄放好桌子與板凳，三個人便回家去了。

返家的路上，紀婉兒感覺胳膊比之前更瘦一些。磨豆子不是個輕鬆活，再加上她今日多磨了半斤，身體一下子就有了反應，進了廂房以後，她在床上睡了一個時辰才緩過來。

儘管更加疲累，不過今日的收穫相對也比較豐盛，一日就賺了六十文錢。

第十九章　悵然若失

因為加了張桌子，又暫時沒有人模仿紀婉兒的料理，所以她的生意穩下來了，每日差不多都能賺個六、七十文錢。

記好賬之後，紀婉兒將錢藏進了櫃子裡，用衣裳蓋上，最後落了鎖。一轉頭，她的眼睛瞥到了蕭清明的衣裳。

這櫃子是原主的嫁妝，只有她一個人使用。當初與其說是分家，不如說他們是被老宅那邊趕出來的，這裡的茅草屋除了一些破舊的家具，再沒有其他東西了。原主不喜歡蕭清明，自然沒把嫁妝拿出來讓他碰。

蕭清明的被褥與衣裳一直放在外面，吸引紀婉兒目光的是他衣裳上面的補丁——她又想到了那日吃飯時說要幫他修補衣服的事情。

紀婉兒之前的確不太關心蕭清明，她能發現雲霜和子安的衣裳很破舊，甚至主動買新衣給他們、請孫杏花幫雲霜改衣裳，卻沒留意蕭清明是否有這方面的需求。

在她的印象中，蕭清明在老宅挺受寵的，不僅能去學堂讀書，衣裳也多，可她忽略了一點，自從蕭清明沒考中秀才，那邊就不重視他了。這不，蕭清明衣裳雖然有四、五套，但上面卻有不少補丁。

看這針腳，估摸是雲霜之前替他補的吧。蕭清明近來似乎長壯了些，這幾套衣裳看起來都小了，也沒有上得了檯面的，是該做新衣了。

不過，紀婉兒不打算學做衣裳，雲霜也才剛跟著孫杏花學，還不知道怎麼從頭到尾做一套。既然她們兩人都不會做，讓其他女子為他裁製新衣也不合適，倒不如去買。

中午吃飯時，紀婉兒仔細觀察了一下，蕭清明身上那衣裳同樣有些小，補丁也不少。過去她之所以沒察覺，一是太過忽略蕭清明，二是因為補丁是用同色系的布。

還是買一套……不，買兩套吧，一個成年男人，總得有兩套換洗的衣裳才行。

等晚上躺在床上，迷迷糊糊快要睡著時，紀婉兒突然想起自己忘了一件事，她連忙睜開眼等著蕭清明回來。

亥時左右，蕭清明回來了。

見蕭清明輕手輕腳地進房躺下，紀婉兒立刻從床上坐了起來，啞著嗓子道：「等一下，我有事還沒做。」

蕭清明沒料到紀婉兒還沒睡，怔了一下，問道：「娘子有何事？」自從那日第一次叫了她娘子，他就愈叫愈順嘴了。

只見紀婉兒趿拉著鞋走向蕭清明，沒等他反應過來，她就伸手環抱住了他的腰。

蕭清明整個身子頓時僵住了，黑暗中，他那張白皙的臉紅得快要滴出血來，他不禁結結巴巴地說道：「娘……娘子，妳……妳……妳做……做什麼？」

相較於蕭清明話都說不清楚的緊張模樣，紀婉兒卻是睏得哈欠連天，嘟囔了一句。「我抱抱你怎麼了？」說完又扯了扯蕭清明的胳膊，量了量他的臂長。

紀婉兒剛沐浴過，身上有一股專屬於她的清香，隨著她的動作，一絲一縷竄入了蕭清明的鼻中。他感覺這香氣迅速鑽入腦子中，讓他有些頭暈目眩，一顆心也怦怦亂跳，接下來更是渾身開始顫抖，像是中毒一般。

蕭清明攥緊了拳頭，才沒讓自己失態。他心裡默念著方才看過的文章，可回憶了許久，卻只記得開頭那一句，後面的怎麼都想不起來……

摸著蕭清明的手臂，紀婉兒突然沒那麼睏了。

嘖嘖，原來蕭清明並不像外表看起來那樣瘦弱不堪啊，還挺健美的！不過他日日在書房裡讀書，哪來的肌肉？難不成他天天躲在書房健身？要她說啊，廂房比書房大，要健身可以在這裡嘛，也方便她觀賞……

嗯，手臂摸完了，看看手掌——「鬆手！」紀婉兒拍了拍蕭清明的拳頭。

當她溫軟的手碰到自己拳頭的那一瞬間，蕭清明投降了。

嘖嘖，紀婉兒邊摸邊想，蕭清明的手指又細又長，又沒幹過活，嫩生生的，比她的手細緻多了，真是讓人羨慕嫉妒恨。她最近密集幹活下來，手上都有繭子了，不過這是辛勤勞動的成果，應該感到光榮才是，她的手最好看！

見蕭清明從頭到尾都老老實實站著任憑她擺布，紀婉兒衝著他笑了笑，踮起腳尖摸了摸他的頭道：「真乖！」

好了，這樣身高也量完了。

這個動作讓蕭清明感覺自己全身的血液都朝著一處去了，腦子中有什麼炸開了花，弄得他渾身酥酥麻麻的。不光是臉，他的耳朵、脖子都是紅的……不，只怕是全身上下都紅透了。

房內沒有點燈，一切都在黑暗中進行，蕭清明不知該慶幸紀婉兒沒能看清自己羞澀的模樣，或是埋怨這片漆黑讓人更有遐想空間，令他有些羞愧懊惱了。

紀婉兒對這一切毫無所覺，除了後悔剛才量腰圍時沒乘機摸摸蕭清明有沒有腹肌之外，一切都很圓滿。

「我去睡了，夫君也早些睡吧。」說完紀婉兒就趿拉著鞋回到床上睡覺去了。

這就完了？蕭清明紅著臉看向躺在床上的紀婉兒，心中說不出來是什麼滋味，既鬆了一口氣，又有點失落。

紀婉兒這一晚睡得好極了，還夢到了帥哥，可惜沒看清楚臉。

至於蕭清明，他則是翻來覆去，幾乎一夜無眠。

第二日，紀婉兒醒來的時辰跟平常一樣，迷迷糊糊地穿好衣裳坐起來，她才發現蕭清明還在睡覺。想到蕭清明讀書挺辛苦的，她的動作放輕許多，之後也悄悄出門，沒另外跟他打招呼。

到鎮上賣完吃食，紀婉兒去了成衣鋪子。麻布衣裳沒什麼好挑的，顏色就那麼幾種，她拿了一套淺灰色的，又選了一套深藍色的。買完以後，她看了子安一眼。

說起來，上回她給兩個孩子各買了一套新衣，後來又把自己的衣裳改小了給雲霜穿，那麼就剩子安沒添置衣裳了。

紀婉兒說道：「子安，你兄長的衣裳已經穿了多年，既破舊也不合身，不能穿了，咱們買兩件給他，回頭我請杏花嫂子把他的衣裳改小，給你穿。」

她仔細看過了，蕭清明的衣裳多半是袖口處磨損，改小了以後子安就能穿。

「咱們現在手頭沒多少錢，等往後賺得更多，我就買新的給你穿，好不好？」紀婉兒又道。

「好！」子安雖然羨慕哥哥有了新衣，但一聽他也會有，立刻高興起來了。不管是不是新買的，總歸他都能多幾件衣裳，不是嗎？

瞧著子安容易滿足的模樣，紀婉兒摸了摸他的頭，心想這可真是個懂事聽話的乖孩子。

回到家之後，紀婉兒放下小推車朝廂房走去，一進門才發現蕭清明竟然還在睡。興許是她開門的聲音太大，蕭清明皺了皺眉，緩緩睜開了眼。

紀婉兒瞧他臉色不太好看，有些擔心，朝他走過去道：「你怎麼了，身體不舒服嗎？」

蕭清明見紀婉兒往自己靠近，連忙坐起身來，看向她的眼神非常複雜。

紀婉兒蹙了蹙眉，越發覺得自己的猜測是真的。蕭清明今日跟平常比起來相當怪異，不僅睡得多了，臉色似乎還有些紅……不會是真的病了吧？

她連忙蹲下身子盯著蕭清明，可當她離得近了，卻發現他的臉更紅了。「你的臉怎麼這麼紅，不會是發熱了吧？」

蕭清明抿了抿唇，眼神游移，不敢看紀婉兒。

紀婉兒愈看愈不對勁，伸手摸了摸蕭清明的額頭，誰知剛碰到，他就躲開了，還說道：「妳……妳……妳做什麼？」

「嗯？」紀婉兒詫異地說：「我摸摸你發熱了沒啊，你這是幹麼？」

「我……我沒事。」蕭清明緊張到開始結巴。

這是沒事的樣子？紀婉兒根本不信蕭清明的話，又抬起手來，試圖去觸碰他的額頭。

蕭清明卻拍開她的手，說了一句。「男女授受不親。」

說完這句話，他就迅速掀開被子跑了出去，有一種落荒而逃的意味。

紀婉兒頓時愣在原地。男女授受不親?!她是瘟疫嗎？他幹麼這麼嫌棄她啊？虧她早上為他買了兩件新衣，剛剛也那麼關心他……真是好心當作驢肝肺！

吃早飯時，紀婉兒看都沒看蕭清明一眼；蕭清明不知道在想什麼，也完全沒看紀婉兒。

等到吃完飯，想到早上跟子安說過的事情，紀婉兒瞥向吃完就想跑的蕭清明，語氣不太和善地說：「等一下。」

蕭清明停下腳步，側頭看向紀婉兒坐著的地方。

「我昨日瞧你的衣裳都小了，就想著索性改得再小一些，給子安穿。」紀婉兒板著臉道。她這會兒還記得方才他說的那句話，真是太傷人自尊了。

蕭清明立刻回道：「好，娘子作主就行。」他的眼睛還是不敢看紀婉兒。

見他這副模樣，紀婉兒越發來氣。不過她知道跟這種人生悶氣沒用，說不定他一點也感受不到。

思索了片刻，紀婉兒故意說道：「你說的？行，那除了你身上這一套，全都改給子安穿。」

蕭清明低頭看著自己的衣裳，頓了片刻後點頭道：「好。」

「這麼一來，你可就沒衣裳換了。」紀婉兒道。

蕭清明垂眸盯著地面道：「嗯，反正我不怎麼出門，穿不著那些衣裳，有這一套就夠了。」

紀婉兒見蕭清明還是不看她，眼珠子轉了轉，一本正經地說道：「既然這樣，不如把你身上這套也脫下來吧。正如夫君所說，你不出門，穿衣裳浪費，那穿件裡衣就行了。」

蕭清明忍不住抬起頭看向紀婉兒，神情感覺上有那麼點落寞。

瞧蕭清明終於正視她了，而且還挺委屈的，紀婉兒便笑著說：「我逗你玩呢，我剛剛在鎮上為你買了兩件新衣。」

蕭清明抿了抿唇，雖然沒笑，可是眼神不會騙人，他的雙眸很明顯地流露出一絲欣喜。

紀婉兒覺得蕭清明最近愈來愈有反應，也愈來愈像個人了。

「夫君去試試吧，若是不合適，我明日再去鎮上換。」

「好，多謝娘子。」

隨後，兩人前後腳回到了廂房。紀婉兒拿了舊衣裳，準備去隔壁讓孫杏花幫忙改一改，可一轉身，卻發現蕭清明盯著手中的新衣發呆，一動也不動。

「你怎麼不換，是不喜歡嗎？」紀婉兒問道。

蕭清明瞥了她一眼，搖了搖頭。

紀婉兒疑惑地說：「那怎麼還不換？趕緊換呀。」

「嗯。」蕭清明應了一聲，還是沒動。

這下紀婉兒有些詫異了，她不禁催促道：「換啊。」

只見蕭清明直直盯著紀婉兒，一言不發。

紀婉兒正想再說點話，突然想到了什麼，閉上嘴挑了挑眉。他這是覺得她在這裡，不好意思換？

「我出去了，夫君換吧。」說著，紀婉兒轉身離開了，可走到門口，她忽然回頭道：「對了。」

恰好此時蕭清明脫下了外衫，見紀婉兒轉頭，他立刻拿著衣裳胡亂遮住，滿臉通紅地看著她。

「喔，我就是想問問，你身體還難受嗎？要不要去鎮上找個郎中看看？」

「不……不用。」

「好，那我去杏花嫂子家了，有事再叫我。」紀婉兒道。

蕭清明迅速瞥了她一下，應道：「嗯。」

紀婉兒叫上雲霜跟子安，三個人去了隔壁。雲霜跟著孫杏花學習了一段時日，雖然還不會做新衣，但技巧已經精進了不少，這幾套衣裳基本上都是她動手修改的，孫杏花則在一旁指點。

得到了幾件沒補丁的衣裳，子安很是歡喜，即便這些是用蕭清明的舊衣改的，他也無所謂。他從生下來後可說是沒過過好日子，唯一一套新衣還是紀婉兒買給他的，對他來說，改過的也跟新的沒兩樣，總歸是沒穿過。

中午吃飯時，紀婉兒就見到蕭清明換上她為他買的新衣，是那套深藍色的。

蕭清明原本的衣裳顏色大致上是白色、灰色、褐色，突然穿上色調亮一些的衣物，整個人的氣質頓時都不太一樣了。

麻布衣裳的質料並不好，可蕭清明生得俊，這衣服穿在他身上，感覺上瞬間貴了許多。

「挺好看的。」紀婉兒欣賞了一會兒，由衷地稱讚道。

蕭清明臉紅了紅，迅速地瞄了紀婉兒一眼，回道：「謝謝娘子。」

紀婉兒心想，最近蕭清明的話多了不少，只要她說話，他都會回應。雖然總體來說還是沈默寡言，今天早上的舉動也有些怪異，但是跟之前相比，已有了很大的進步。

想到這裡，紀婉兒笑著說：「不客氣。」

最近豆子磨得多，紀婉兒常覺得疲累，吃過午飯，她就回房去躺了一會兒。

到了晚上，蕭清明回房後留意著床那邊的動靜，察覺紀婉兒似乎還醒著，他便問道：「娘子，妳睡了嗎？」

紀婉兒已經閉上眼睛了，可還沒睡著，她沒想到蕭清明會主動跟她說話，有些好奇地說道：「還沒。」

蕭清明抿了抿唇，問道：「我之前給妳的錢是不是已經花光了？」

紀婉兒整個人頓時清醒了許多，心想：他這是什麼意思，要秋後算賬嗎?!

「夫君怎麼想起這個問題了？」紀婉兒謹慎地說道。

蕭清明不知紀婉兒心中所想，只道：「錢若是已經花光了，就跟我說，我可以賺錢的，妳也……」

說到這裡，蕭清明頓了頓，又道：「妳也不用那麼辛苦。」

紀婉兒有些驚訝。原來蕭清明不是要算賬，而是在關心她？他怎麼突然在意起她了？這是為什麼？

其實蕭清明也不知道自己怎麼了。他之前明明很討厭紀婉兒，可現在卻一有機會就盯著她瞧，而她只要看他一眼，他就緊張到不行。

這幾日，他一直在思考這件事。

是從什麼時候開始的呢？好像是她生了一場大病，在床上躺了很多日，某一天醒過來之後開始的。

從小，祖父母跟父母就告訴他，要好好讀書、考中秀才，將來才能光耀門楣。只要他做與讀書無關的事情，長輩必定會反對，有時還會嚴厲批評他，嫌他不將心思花在學習上，久而久之，除了讀書，他再也不關心其他事。

後來，家裡為他說了一門親事，因他滿腦子只想著讀書，覺得妻子這個角色在他的生命中可有可無，娶誰都無所謂，所以聽從了安排，可也沒料到會娶來那樣一個對象。

新婚第一日，兩人就大吵了一架，第二日起她就在他耳邊嘮叨，嫌他話少、怨他家窮，後來更是日日罵他。那些話很是不堪，可他聽成了習慣，也就忍下來了。

分家以後，她變得會打罵雲霜和子安。起初他不曉得這件事，隔壁三嫂來跟他說過，他問了雲霜，可她並未承認；趁她生重病昏迷的那幾日，他又問過雲霜，可她還是不認。儘管沒從妹妹那邊得到證實，可他知道那應該是真的。

過去他出門在外，聽過不少風言風語，老宅那邊的兄弟跟他講過，他在鎮上也親眼見過她和男子拉拉扯扯。對此，他除了起初心裡有些不舒服以外，並未有其他感覺。

然而，在久病醒來之後，她整個人都變了。

第二十章 意外考驗

她，不再見了他就罵，也會做飯了，家裡的伙食一日比一日豐富，不再只有饅頭跟醃菜，而是有蛋、有湯、有飯也有肉。她還特別關懷弟弟妹妹，不僅和顏悅色，還買新衣給他們穿，弟弟妹妹也愈來愈喜歡她。她對他也極好，對著他笑、做他愛吃的，還買了新衣給他，也不再天天去鎮上找別的男子。

一開始，他並不曉得她去做什麼，按照她原來的性子，他以為她又要搞什麼花樣，後來才知道，她竟然開始賺錢了。

想到最近的吃穿用度，再想到她之前為其他男子破費，他之前給的銀飾跟錢，應該已經用掉了吧。

他可以再賺，只要省著點花，應該夠用。等到他考中秀才，日子就會好過很多了……他這次一定能考中。

此時，紀婉兒正在思考到底怎麼回答這個問題。若說全都花完了，他會相信嗎？說起蕭清明這個人，紀婉兒覺得或許他心中有數，知曉她手頭上有多少財產。

事實上，她估算過原主撒了多少銀兩，也整理過這段時日以來這個家用掉多少錢。如果不算原主花在其他男人身上的，算一算，總共用了四兩銀子左右。撇去這些，靠她賣吃食賺來的，還有剩。

琢磨了一下，紀婉兒回道：「還沒，還剩下一些。」

「嗯，若是沒錢了，妳就跟我說，我……我會賺錢的。」

這些話，蕭清明只敢在晚上說。若是白天，一看到紀婉兒那張臉，他就緊張到說不出口，即便是現在，他跟她說這番話時，也覺得臉又熱了起來。

以往蕭清明並不會這樣，每每看到自己的妻子，他只覺得煩躁，眼前一浮現她的模樣，彷彿就有無數罵聲在耳邊響起；可如今再瞧，他卻覺得那張臉讓人不敢直視，好似多看一眼，就要被吸進去一般。

「不用了，夫君，你先好好讀書，賺錢的事情不急。」紀婉兒道。

對紀婉兒來說，賺錢是她的偉大志向；可對蕭清明而言，考試當然才是最重要的。

蕭清明卻道：「妳去鎮上賺來的錢自己存著就行，不用花在我們三個人身上，花我給妳的錢就行，若是錢用完了，妳就跟我說。」

聽到這話，紀婉兒挑了挑眉。她突然覺得，蕭清明似乎沒那麼傻氣了。

「好。」她應道。

日子就這麼過著，紀婉兒的吃食生意相當穩定，除去下雨不能擺攤的日子，每天都有不少錢入賬，一家人可說是衣食無虞。蕭清明也不再那般木訥少言，她看得出來，他是真的想跟她溝通，只是有些事他似乎不知道該怎麼講，而且隨便幾句話就能讓他臉紅到不行。

總之，一切都朝正面的方向發展，到了月底時，紀婉兒算起了牆上的賬。

自從加了一套桌子跟板凳以後，每日固定賺個六、七十文錢，一個多月來賺了將近二兩銀子，再加上蕭清明後來給了她五百文錢，可說是不愁吃喝了。

至於蕭清明從哪裡拿來這五百文錢，紀婉兒後來問過，可他支支吾吾的，沒告訴她，她便沒再多問。

雖說紀婉兒賣吃食的盈利跟蕭清明給的錢加起來很多，但是這些還沒扣掉日常上的支出。

雖說蕭清明要她別把賺來的錢花在他們身上，可再怎麼說，紀婉兒的目標都是提升全家人的生活品質。她從不在飲食方面省錢，雖然賺得多，但是目前手裡就只有一兩八錢銀子，開銷其實不小。

如今賺的銀兩，也就是解決了基本的溫飽問題而已，他們不可能一輩子待在這裡不離開，就這麼點錢，夠做些啥？

紀婉兒嘆了口氣，覺得自己得再想想法子多賺些錢才是。可是她身邊人手不足，要做些別的也忙不過來，只能從現有的生意上著手改善了。

隔天，來到鎮上之後，紀婉兒四處查探了一下。

他們現在擺攤的位置不是太好，當初之所以選這裡，是因為好的地點都被占了，她沒得挑，只能隨便找個還算方便的地方放下小推車，一待就是一個多月。

這段時間下來，客群基本上已經固定，做多了也賣不出去，今日收攤後，得找個好一些的地方了。

正這般想著，突然有人喚了她一聲。「婉兒！」

紀婉兒心裡打了個突，抬頭看向來人。她現在真的是怕極了在外頭被人認出來，生怕再有什麼不好的事情發生。

那婦人看了她一眼，眼淚瞬間流了下來，隨後上前一步緊緊抓住她的手道：「婉兒，竟然真的是妳，妳林嬸跟娘說的時候，娘還不信！」

紀婉兒心想，如今她頭上包著布，臉上戴著面罩，一般人是認不出她的，就連蕭家村的一些人也只知道雲霜和子安在這裡「打工」，足見這婦人對她一定相當熟悉。

又看了兩眼，婦人的資訊就出現在紀婉兒腦海中了。

「我的女兒，妳怎麼這麼命苦啊……」

此人不是旁人，正是紀婉兒的母親，也就是在女主角身邊伺候的嬤嬤，董氏。

「娘！」紀婉兒喚了一聲，此刻她的內心無比緊張。

來到這個陌生的朝代與地方，紀婉兒不怕蕭家三人發現她的異常，不擔心被孫杏花質疑，也不懼村裡人懷疑，因為原主跟這些人相處的時間比較短，他們並未完全摸清楚原主的性子，就算如今的她跟原主有很大的不同，她也能搪塞過去。

可她唯獨害怕被原主的娘家人碰上，尤其是董嬤嬤。董嬤嬤不是一般人，她在京城的侯府裡做過事，心眼比旁人要多出不少。

董嬤嬤不知紀婉兒心裡在想什麼，她抬手摸著女兒的臉，眼淚就沒停過。她這自幼嬌生慣養的女兒，真是從雲端跌到了泥裡，不僅臉上的肉少了、膚色沒之前白皙、手也變得粗糙了，這該是受了多少苦啊！

這一刻，她後悔了，後悔把女兒嫁給那種窮酸的讀書人，後悔沒聽女兒的話讓他們和離。

紀婉兒看得出來，董嬤嬤有不少話想跟她說。瞧著在一旁等候的顧客，紀婉兒道：「娘，您先在旁邊等等，我賣完再跟您說。」說罷，她就為客人盛起了豆腐腦。

董嬤嬤看著女兒那熟練的模樣，越發心疼。

約莫過了兩刻鐘，紀婉兒賣完了今天做的所有吃食。「娘，您吃早飯了嗎？」她問道。

「還沒呢。」董嬤嬤道。

「咱們找個包子店吃些東西吧？」紀婉兒跟她商量。

「好。」董嬤嬤同意了。

經過兩刻鐘的工夫，董嬤嬤這會兒情緒已經緩和不少，她不再流淚，也冷靜了下來。她是個經歷過大風大浪的人，個性也比較理智，剛才之所以會那般激動，是因為親眼看到女兒正在受苦，過度心疼所致。

昨日她聽紀家村的鄰居說在鎮上瞧見很像她女兒的人，今天一早她就決定來趕集，順便確認一下事情真偽，沒想到真的是她那個嬌氣的女兒！

短短一段時間不見，女兒像是完全變了個人似的。雖然她看不清女兒的神情，可一個人的眼神不會說謊，女兒比從前淡定得多，也沈穩多了。

收拾好東西，紀婉兒看了雲霜和子安一眼，向董嬤嬤介紹。「娘，這是雲霜和子安。」

董嬤嬤露出了慈祥的笑容，說道：「這兩個孩子妳成親的時候娘見過，許久不見，雲霜長得越發水靈，子安也變得壯實了。」

雲霜和子安原本非常侷促，聽到董嬤嬤這番話，都有些不好意思地笑了。嫂子的娘親好溫柔啊，跟嫂子一樣好。

「親家母好。」

「乖孩子，你們好。」

董嬤嬤其實早就不記得雲霜和子安長什麼樣子了，但她知道女婿有弟弟妹妹，再看這兩人跟女婿有些相似的面容，她馬上就猜出了他們的身分。不過董嬤嬤很是詫異，心想女兒怎麼會帶著這兩個孩子出門，還對他們這般好。

她記得女兒很討厭雲霜與子安，非打即罵，她勸過不少回，可女兒壓根兒不聽她的話，依舊我行我素。說起來，女兒的婆家都不管這種事了，她身為娘家人，總不能對女兒過分苛責，也就睜一隻眼閉一隻眼了。

紀婉兒和雲霜、子安俐落地寄存好桌子跟板凳，很快又回到了原地。

「娘，走吧。」說著，紀婉兒抬起小推車，率先往前走去。

董嬤嬤全程在一旁觀察，越發覺得眼前這個女兒陌生得很……

沒多久，幾個人便抵達了包子店。

「娘，您要吃什麼餡的？」紀婉兒問道。

女兒何時詢問過她的意見、關心過她需要什麼？董嬤嬤一直覺得女兒被她教育得很失敗，可一想到女兒從京城來到鄉下地方，日子過得這麼苦，她就不忍心責罵，只能儘量遷就她，導致她眼睛長在頭頂上，沒了分寸。

董嬤嬤不動聲色，一臉平靜地說：「胡蘿蔔粉條。」

「老闆，來兩個胡蘿蔔粉條、兩個高麗菜豬肉的。」

「好咧，您稍等。」

等到包子端上來以後，紀婉兒先將胡蘿蔔粉條口味的遞給了董嬤嬤，又把兩個高麗菜豬肉的給孩子，最後自己才拿了個胡蘿蔔粉條的。

董嬤嬤越發訝異了。女兒對這兩個孩子真不是一般的好，還捨得多花一文錢買肉包給他們，自己卻吃素的……她真的比從前懂事了。

紀婉兒本想趁著吃飯時跟董嬤嬤說說話，卻不知從何說起。她畢竟不是原主，也不是個喜歡沒話找話的人，況且她知道董嬤嬤正在觀察她，就更不知該說什麼才好了。她心想，要不等董嬤嬤先開口吧，以不變應萬變，結果董嬤嬤什麼也沒講。

雲霜跟子安知道這是嫂子的母親，也沒敢出聲，一頓飯，四個人吃得安安靜靜的，全程沒有一個人說話。

紀婉兒沒忘了蕭清明，吃過飯，她又各買了一個肉包、一個素包。

想到家裡沒菜了，紀婉兒決定去一趟菜市場，一行人就這麼自然而然地一塊兒去採購，又一起朝蕭家村走去。

紀婉兒推了一會兒小推車，雲霜和子安就主動上前幫忙了。

董嬤嬤像是一個旁觀者一樣跟在他們身側，等走了一段路，明白他們是怎麼回家的時候，她就跟女兒輪流推車，沒再讓孩子們動手。

紀婉兒起先推辭了一番，無奈董嬤嬤沒答應，就只能任由她去了。

抵達蕭家村村口時，董嬤嬤把小推車交給女兒，只提著自己帶來的籃子。她掀開了蓋著籃子的布，就見裡面裝著雞蛋。

村裡有些人認識董嬤嬤，一看到她，便上前打招呼。

「唉唷，董家姊姊來了？」

「嫂子來看女兒啊？」

董嬤嬤換了隻手提籃子，說道：「對，過來看看女兒跟女婿。」

「唷，拿了這麼多雞蛋來啊，妳對清明兩口子可真好！」

「聽說清明媳婦兒還拿出嫁妝來供清明讀書呢，董家姊姊人真好，往後清明若是考中了，可得好好對待岳家。」

董嬤嬤笑著說：「唉呀，這不值什麼錢。我就是心疼女婿，他讀書辛苦，拿幾顆雞蛋讓他補補腦子，兩個孩子還小，也該養養身子。」

紀婉兒發現她娘是真的厲害。她在村裡來來回回走動時，大夥兒多半都是在背後嚼舌根，看她的眼神也怪怪的，可今日她娘一來，大家全都熱情得不得了，而且——

她娘手中那籃雞蛋，一路上藏得很嚴實，生怕被經過的人發現；等到了村裡她才掀開，生怕別人沒看到。話裡話外也沒提她一句，都在說蕭清明和雲霜、子安，真不愧在京城的侯府伺候過，這情商和手段，不是一般人能比的。

「清明有福氣啊，能娶到妳家閨女。」

「是啊，娶了你們家女兒，就沒啥後顧之憂了，能安心讀書，可比在他叔伯手下過日子強多了。」

董嬤嬤笑著回道：「老姊姊們，別這麼說，女婿是正經的讀書人，我家女兒只讀過幾本書，沒去過學堂，是我們高攀了。」

幾個人又客套了幾句，董嬤嬤就跟著紀婉兒他們回家去了。

紀婉兒一放下東西，就拿著包子去了書房，她先敲了敲門才進去。

「我跟雲霜還有子安在外頭吃過了，這是特別為你帶回來的。」她說道。

見紀婉兒沒忘了他，蕭清明很是開心，抿了抿唇道：「多謝娘子。」

送完包子，紀婉兒就出去了。

紀婉兒離開書房時，董嬤嬤已經去了廂房，她輕輕吁出一口氣，推開門進了房間。

「娘，您要喝水嗎？我去燒。」

董嬤嬤將視線從牆角的草蓆上收了回來，她看了女兒一眼，說道：「不用麻煩了。」基本上，該知道的她都已經看明白了。

「妳怎麼想到要去鎮上賣吃食？」董嬤嬤不拐彎抹角，直接問道。

這種開門見山的交流方式紀婉兒也挺喜歡的，她如實回答。「手邊沒錢了，就想著去賺點錢花。」

這不是董嬤嬤想得到的答案。以前女兒要是沒錢了，就會找她要，兩人最近最後一次碰面，就是女兒鬧著跟她要錢，不依不饒的，她狠狠罵了女兒一頓，把她從家裡攆了出去。如今她不討錢了，自己到外面辛苦做生意，這是在跟她置氣啊！

「妳還在怪娘？」董嬤嬤柔聲問道。

紀婉兒看著董嬤嬤，輕聲回道：「沒有。」

瞧著董嬤嬤那雙彷彿要將她看透的眼睛，紀婉兒緩緩道：「上回從家裡離開後，我的確怪過娘，怪娘太狠心，怪娘把我嫁給一個不知冷熱、只知道讀書的窮光蛋。」

這些話一說出來，紀婉兒就發現董嬤嬤眼中少了探究之色，多了幾分心疼。

「怪娘，都怪娘……」董嬤嬤忍不住喃喃道。

見狀，紀婉兒又繼續說道：「後來……我那些不好的事情，只怕娘也知道，我瞧著平日對我噓寒問暖的人竟然也這般對待旁人，心裡難受極了。」

雖然紀婉兒沒明說，董嬤嬤卻明白女兒的意思，她壓低聲音道：「娘早就說了，那不是什麼好東西，讓妳跟他斷了往來。」

她這個做母親的一向管得嚴，女兒出嫁前從沒跟哪個男子有過踰矩的行為，可女兒出嫁以後卻是越發不老實了。

紀婉兒垂眸，點頭道：「嗯，已經斷了。」

董嬤嬤見寶貝女兒這般落寞，不禁嘆了口氣。她剛才還覺得女兒陌生，這會兒瞧女兒跟她推心置腹的模樣，過去那種母女交心的感覺全回來了。

「妳是不是把錢都花他身上，手頭才沒錢了？」

紀婉兒咬了咬唇，輕輕點頭。

第二十一章　冷眼相對

「唉，罷了罷了，錢財是身外之物，花了就花了吧，咱們就當作是花錢買個教訓。妳以後莫再搭理他了，也別跟他說要把錢討回來，聽到沒？」

「嗯，討過了，他沒給。」

董嬤嬤心想，果然是這樣！她生的女兒她清楚，性子潑辣又吃不了虧，偏偏太過單純，容易被人騙。

「妳個傻丫頭，別討了，這種事情本就是女子吃虧，傳出去也會壞了妳的名聲。」

「知道了，娘，我不會再討了。」紀婉兒說道。

「妳也別去鎮上賣吃食了，娘手上還有些錢，妳缺錢，娘給妳。」董嬤嬤接著道。

雖說他們家比不上早些年在京城時那般寬裕，可瘦死的駱駝比馬大。剛回到紀家村時，她就用身上僅存的值錢物品在縣城買過鋪子跟不少地，甚至賣過一些繡活。鄉下地方開銷小，這些年下來，攢了不少錢。

當然了，董嬤嬤深諳財不露白的道理，縣城有鋪子的事，除了他們夫妻倆，沒人知曉，村裡人頂多知道他們買了些地。

紀婉兒回道：「娘，我想去。」

董嬤嬤不贊同地說：「賣吃食太累了，妳一個婦道人家，這樣太辛苦。等清明考中秀才，妳的好日子就來了。」

紀婉兒盯著董嬤嬤的雙眼說道：「娘，經過之前的事情，我覺得女人還是得自己有本事才行，依附於娘家或婆家，都不是長久之計。」

看著董嬤嬤眸中的驚訝之色，紀婉兒接著道：「這不就是柳姨娘活著的時候，常常教導小姐的話嗎？」

柳姨娘，是女主角的親娘，紀婉兒口中的小姐，自然就是女主角。其實原主壓根兒不記得柳姨娘說過什麼話，然而根據書中描寫，柳姨娘常常教導女兒要獨立自主，所以她只要這麼說就行了。

「過去我不懂事，一直不了解這話到底是什麼意思，現在處處碰壁，這才漸漸會過意來。所以，娘，我還想接著做生意。」

董嬤嬤這會兒才發現，原來自己剛剛想岔了。女兒不是變得陌生，而是一陣子不見，她似乎突然長大、明白事理了。柳姨娘當年的確經常跟小姐說這種話，她也經常這樣教育女兒，可女兒就是不懂，才惹出這麼多麻煩，沒想到如今她竟是想通了。

其實董嬤嬤並不反對女兒出去賣吃食，她只是擔心女兒堅持不下去，若女兒自己真的想做，她絕對支持。

董嬤嬤一向很看好女婿，認為他肯定能考上秀才。如今他們家的家境比女婿家好，還能壓他一頭，等他中了秀才，女兒就真的比不上他了。在京城見多了骯髒事，她實在不能保證女婿往後一定會守著女兒一個人不變心。要是女兒能建立起自己的事業，那倒是極好。

「妳這生意做多久了？」

「差不多一個半月。」

「每日大概能賺多少錢？」

關於這些，紀婉兒沒什麼好藏著的，直接說給董嬤嬤聽。「一開始能賺個二、三十文錢，最近能賺六、七十文錢。」

董嬤嬤點了點頭，她琢磨了一下，說道：「若是跟一般賣吃食的相比，這些不算少，但妳賣的既然是鎮上獨一無二的豆腐腦，這收入就不算好了。」

她絲毫不懷疑女兒為何會做當地人不會做的豆腐腦，因為在京城時，府上的公子、小姐喜歡吃，廚房偶爾會做。

「主要還是位置不行。」董嬤嬤一針見血地指出了問題的關鍵。「那個地方人太少了。」

董嬤嬤提出來的點，正是紀婉兒最近犯愁的，她回道：「嗯，我剛好想著換個熱鬧些的地方。」

「妳磨豆子應該磨了很久吧？」董嬤嬤看了女兒的胳膊一眼。回蕭家村的路上，她就發現了。

「胳膊疼吧？若是去了更熱鬧的地方，豆子就要磨得更多，這對妳來說也是個麻煩。」

這些事情，紀婉兒都思考過，只是想不到什麼好的解決方法。

「找個人來幫忙吧。」董嬤嬤道：「妳原先一日能賺六、七十文錢，後頭換個好地方，至少能賺八十文錢，甚至上百文錢，就算扣掉租金，也能落個八、九十文錢。按照如今的行情，一個婦人在鎮上做工一整日，能得十文錢，妳給五文錢，只做一個早上，她們可是會擠破頭的。這樣妳既省力，一日還能多賺十來文錢。」

董嬤嬤這番話讓紀婉兒的思路一下子打通了。她娘年輕時就待在京城，資歷深又見多識廣，她應該抓準機會多提出一些問題才對。

「娘，您說我要不要在鎮上開個鋪子？」紀婉兒問道。

董嬤嬤頷首道：「開鋪子也行，這樣妳就不用推著車子去鎮上，省事多了。不過，記得不要買，要用租的。」

「為什麼？」

「咱們這個鎮位置比較偏遠，房產不容易升值，買了也不好脫手。」董嬤嬤道。她沒說出口的是，若是女婿考中了秀才，他們就得去縣城了。

紀婉兒覺得這話很有道理，點了點頭。

「鎮上的鋪子，租金一個月兩百文錢到四、五百文錢不等。這樣妳就不能只賣豆腐腦跟豆渣餅了，最好再賣些其他吃食，像是蔥餅之類的，不然的話，倒不如在外頭擺攤賺得多。」

「嗯。」這點紀婉兒倒是明白。

董嬤嬤又道：「妳若不會做別的吃食，娘可以教妳。」

「我會。」紀婉兒說道。想到原主在家從來不做飯，她又解釋道：「從前娘在廚房待過半年，那段時間其實我學了不少，只是之前我總是偷懶，不想做。」

看著女兒一臉心虛的模樣，董嬤嬤又怎會不明白？她這個女兒只是太懂得享受，人並不笨，如今她能想通，自然再好不過。

瞧著女兒眼下的烏青，董嬤嬤知曉她起得早，又忙了一個早上，便道：「妳自己再琢磨琢磨吧，也得跟女婿商量一下。」

紀婉兒嘴唇稍稍嘟了嘟。這種事跟蕭清明商量，只怕沒什麼用吧。

董嬤嬤瞧出女兒神情有異，便又瞥了櫃子上的被褥以及牆角的草蓆一眼，問道：「如今妳跟女婿如何？是不是還想著要跟他和離？」

當初女兒出嫁前就滿心的不願意，嫁出去沒多久就回家鬧著說要和離。問她原因，只說是女婿家太窮了，之後他們分了家，她更是鬧個不停。

雖然女兒今日沒跟她提起這件事，可看這房內的情形，也能知道他們夫妻之間並不和睦。更何況，她都來這麼久了，女婿竟沒過來打聲招呼，想來女兒想跟女婿和離，怕也是因為他這不懂人情世故的性子吧。

「沒有，娘。」

「是妳讓女婿去地上睡的？」董嬤嬤直接挑明了這一點。

紀婉兒連忙搖頭道：「不是我，他自己去地上睡的。」

聽到這話，董嬤嬤皺了皺眉，停頓許久後，她小聲問了一句。「你們如今圓房了嗎？」

紀婉兒的臉「唰」地紅了起來，神色頗為尷尬。雖說她平常喜歡調戲蕭清明，可她並沒那麼外放，被人問到這種私密的問題，還是挺不好意思的。見董嬤嬤一直盯著她，無奈之下，她閉了閉眼，搖搖頭。

董嬤嬤火氣一口氣上升了。他們這都成親超過半年了，女婿竟從未碰過女兒?!在京城，若是新婦過門的第一日沒跟丈夫圓房，是會被男方整個家族歧視的。

雖說女兒性子不太好，可相貌很是出挑，十里八村找不到比女兒生得更好看的姑娘了。她原本覺得女婿就是個死讀書的，縱然女兒個性嬌慣，靠皮相也能讓女婿死心塌地，沒想到他竟對女兒嫌棄到這個地步，也太不尊重人了！

她過去不同意女兒和離，是因為不知道有這種事，女兒又好面子，自然沒跟她提過，若不是她問起，女兒怕是一樣不會說。

原本董嬤嬤心想女婿正在讀書，沒來跟她這個長輩見禮也就罷了，她不會多提一句，這會兒卻是愈想愈火大了。

真是不知禮數，書都讀到狗肚子裡去了，還不如稚子，這樣的女婿要來何用？即便他往後前途光明，他們怕是沾不上什麼光，說不定到頭來還得遭他厭棄。

這一切全都是自己不好。從高處重重落下的人何止是女兒，還有她。這些年，她一直憋著一口氣，希望將來有一日能重返京城，所以用心栽培兒子念書、盼著女兒嫁個讀書人。返鄉之後，經過多方打探、百般挑選，這才挑中了蕭清明。

她自認不會看錯人，蕭清明定能成器，可她沒料到自己看走了眼，女婿的人品不如想像中那般優秀，她如花似玉的女兒何苦受這樣的氣？

罷了，這樣的人他們高攀不起，不如趁著女兒還年輕，早些和離，還能再覓得佳婿。

「妳若是還想和離，娘同意了。」

紀婉兒沒想到董嬤嬤會突然答應，訝異地看向她。這可是原主努力到死都沒能達成的目標啊……

她張了張嘴，正想說些什麼，就聽見門外響起瓷片落地的聲音，房內兩人同時怔了一下。

董嬤嬤不禁皺了皺眉，暗道門外的人真是不懂規矩，竟然偷聽她們說話……這裡真不是什麼好地方，如今她真的是看他們什麼都不順眼了！

紀婉兒愣怔過後連忙跑過去開門，當她看到門口站著的人是雲霜時，瞬間鬆了口氣。

「嫂……嫂子，對……對不起。」雲霜嚇得小臉蒼白。

紀婉兒沒責罵雲霜，而是抓起她的手看了看，說道：「沒事，妳沒燙著吧？」

雲霜趕緊搖頭。她回過神來，蹲下身子想要撿起地上的碎碗。

紀婉兒連忙阻止她。「別撿了，小心傷了手，拿掃帚掃一下就好。」

雲霜點了點頭，立刻去拿掃帚了。

此時，書房的門也打開了，蕭清明從裡面走了出來。他先是看了地上一眼，又瞧了瞧紀婉兒，見她沒事，這才放下心來。他正準備上前探問，就看到了站在紀婉兒身側的婦人。

這是……岳母？蕭清明頓時緊張起來，連忙快步走過去朝董嬤嬤行禮道：「見過岳母。」

董嬤嬤現在看蕭清明就像是在看個人渣一般。她以為自己在京城見識得夠多了，不料卻栽在自己女婿手上。她似笑非笑地說道：「女婿客氣了，你讀起書來可真用功，想必今年就能考中吧。」

蕭清明聽出董嬤嬤不高興了，他抿了抿唇，沒說話。

紀婉兒也察覺到了不對勁，她記得之前她娘一向對蕭清明很滿意啊，今天不知怎麼回事，突然就看他不順眼了。書中也沒這麼寫啊，上面明明說董嬤嬤一直怪女兒不珍惜這個丈夫的……

董嬤嬤懶得再跟蕭清明廢話，她怕自己再說兩句就要開罵或上前打他了。可她是個有教養的人，自是不會做出這等有如潑婦一般的事情。

「你接著去讀書吧，我就不打擾你，先回去了。」董嬤嬤冷冷地說道。

蕭清明往前走了兩步，說道：「我……我送您。」

這跟之前相比已經是極大的進步，他已經會跟人交流、曉得基本的待客禮數，紀婉兒還挺喜歡他的改變。

董嬤嬤卻想也不想地拒絕了。「不必了，讓婉兒送送我就行，你留步。」既然不打算要這個女婿了，她也不必給他什麼好臉色。

紀婉兒瞧瞧蕭清明，又看看董嬤嬤，連忙跟了上去。

到了村口，董嬤嬤握著女兒的手說道：「娘之前也知道妳過得辛苦，畢竟蕭家窮，可沒想到他竟這般對待妳。是娘錯了，這男人啊，沒出息又不知冷熱，還輕視娘子，要來也沒什麼用。」

「娘，其實……」

「好了，妳不必多說，這種事娘不會告訴旁人，免得辱了妳的面子。妳自己好好考慮考慮吧，若是過得下去，妳就過；若是過不下去了，就回家跟娘還有妳爹說，咱們和離。」

這年頭，世家小姐和離都得被扒一層皮，更何況是他們這種普通人。所以董嬤嬤雖然想讓女兒和女婿和離，但最終還是得看女兒的意思，畢竟日子是她在過。

況且，透過這一個早上的觀察，她覺得女兒跟從前不一樣了，不僅更加成熟懂事，也很有主見，想必她清楚到底什麼才是對自己最好的。

聽到董嬤嬤的話，紀婉兒萬分感動。說到底，董嬤嬤是個心疼女兒的人。「嗯，多謝娘，我記住了。」

董嬤嬤拍了拍女兒的手，嘆了口氣，心事重重地回家去了。

蕭清明站在院子裡，望著紀婉兒和董嬤嬤離開的方向，一動也不動。

雲霜將碎掉的碗扔到外面，一回來，她就看到兄長站在院中，神色似是有些不悅。

「剛剛發生了什麼事？」蕭清明問道。他是聽到瓷器落地的聲音才出來的，結果一出門就面臨這個情況，實在令他不知所措。

雲霜看著兄長的眼神，咬了咬唇，不知該不該說，可若不說，他們是不是就要失去嫂子了？「哥哥……剛剛親家母說要讓嫂子跟你和離。」

她不是故意偷聽的。看親家母要在這裡待一會兒，她就去廚屋燒開水，燒好之後就端過去，可沒想到剛到廂房門口，就聽到了裡面的談話。她當時實在太過震驚，沒拿穩手中的碗，給摔了。

聽到這句話，蕭清明的眼神瞬間變了，有驚訝，有緊張。

雲霜心裡著急，她扯了扯蕭清明的衣袖，聲音哽咽道：「哥哥，你能不能求求嫂子，別讓她跟你和離，我和子安都很喜歡她。」

從堂屋出來的子安聽到這話也趕緊走上前，拉著蕭清明另一邊的衣袖說道：「哥哥，你去求嫂子吧，我不要她走。」

蕭清明看著面前快要哭出來的弟弟妹妹，久久不語。

他也……不想讓她離開。

紀婉兒回來時，院子裡已經沒人了。

她今早磨了許多豆子，本來就很疲累，又為了應對董嬤嬤，緊繃到不行，這會兒安全過關，整個人忽然放鬆下來，只想休息。

紀婉兒直接回房去了，想著睡一會兒再去收拾做生意的工具，誰知剛一進房，就見蕭清明正站在床前的窗邊往外看。

見紀婉兒進房了，蕭清明轉過身來，直直看著她。

「夫君，你怎麼回房來了，沒去看書？」紀婉兒隨口問道。

平常白天蕭清明從來不會在廂房裡待著，只有晚上睡覺時才會回來，今日真是奇怪得很……

第二十二章 百般討好

紀婉兒感覺手臂和肩膀都有些痠，她抬手捶了捶，朝著床邊走去。

想到董嬤嬤說過的那番話，她猜測可能傷到蕭清明了，便說道：「我娘剛剛說的話你不用放在心上，她就是怕打擾你讀書，才會那樣說的。」

說著說著，她已經走到了床邊，坐在床沿上閉著眼，活動了一下痠痛的脖子。

賺錢可真辛苦啊，這才做了一個多月，她就累得有些受不了了，看來還是得聽她娘的話，找人來幫忙才是。她的格局真的太小了，嘴上說著想賺錢，卻還是原地踏步，如果不投資，又怎麼能賺更多錢？找人是最迅速的方法，這樣既省力，還能多賺點錢。

轉動了脖子一會兒，紀婉兒這才發現沒得到蕭清明的回應。最近這段時間以來，她感覺蕭清明變了許多，每次她問他話，他都會羞答答地回答，今日這是怎麼了？難不成……真的被她娘說的話傷到了？

紀婉兒慢慢睜開了眼，誰知一睜開眼就發現蕭清明正站在自己面前，居高臨下地看著她。

她嚇了一跳，連忙拍了拍胸口道：「嚇死我了，你突然離我這麼近做什麼？」

蕭清明卻像是沒聽到她這句話一般，突然俯下身來，紀婉兒驚訝不已，下意識往後面退了退。

卻見蕭清明伸出雙手，放在紀婉兒的肩膀上捏了捏。

紀婉兒一頭霧水地看著蕭清明，心想：他這是在做什麼？

「娘子辛苦了。」說著，蕭清明又捏了她一下。

「嘶，疼！」紀婉兒倒抽一口冷氣。蕭清明手指看起來纖細，沒想到力氣竟然這麼大。聽到她的聲音，蕭清明立刻停下動作，神情流露出一絲緊張無措。

「輕一點。」緩過氣之後，紀婉兒說道。她肩膀本來就疼，有人幫她捏一捏，舒服得很，她怎麼可能放過蕭清明這個免費的勞動力。

「好。」蕭清明鬆了一口氣，繼續為紀婉兒捏起肩膀。

由於蕭清明一直站在紀婉兒面前，捏了一會兒以後，她就感受到了無形的壓力，而且若是讓蕭清明太累，她也會過意不去的。

紀婉兒拍拍身側的床，說道：「夫君，你累了吧，要不先坐下？」

蕭清明迅速瞥了紀婉兒一眼，聽從她的安排，坐到了床上。

為了讓蕭清明好捏一點，也為了讓自己更舒服些，紀婉兒側了側身子。

一開始，蕭清明是真的用心為紀婉兒捏肩膀，他想做點什麼事情讓她開心，可捏著捏著，他的心思就有些偏離了。

娘子的肩膀軟軟的，跟他的完全不同……

蕭清明突然覺得自己方才似乎太孟浪了，沒問一句就碰了她，這會兒回想起來，他的臉一下子就紅了，動作也放輕了些。

紀婉兒察覺到蕭清明手勁的變化，不禁側頭往旁邊問：「夫君，你累了嗎？累了就別捏了。」

蕭清明頓時回過神來，又恢復了剛剛的力道。「不累。」不僅不累，還有些欣喜。

紀婉兒雖然側過了頭，脖子卻沒往後轉，自然沒看到蕭清明的神情。

不累就好。紀婉兒心想，她累了許久，捨不得讓蕭清明停下來，乾脆放縱自己使喚他。

雲霜和子安一直站在外面注意廂房裡的動靜，可惜他們什麼都沒聽到，兩個人都惴惴不安。

坐在房裡的紀婉兒卻舒適得很，她指揮著蕭清明，一會兒捏捏這邊，一會兒捏捏那邊。

或許是蕭清明服務得恰到好處，又或許是紀婉兒實在太累了，過沒多久，睏意漸漸襲來，她緩緩閉上眼，頭時不時往下頓。

紀婉兒本來覺得該讓蕭清明休息了，可是被人捏肩膀真的太舒服，她想多享受一下，決定等她快睡著的時候再跟他講，結果這麼一等，她真的睡著了。

蕭清明正認真地為紀婉兒捏肩膀，誰知她身子忽然一軟，就這樣倒向了他的胸膛，他頓時怔住了。

這是……什麼情況？低頭一看，只見懷中的人兒已經睡著了。

蕭清明緊張到手腳不知該往哪裡放，就這麼靜靜地看著紀婉兒。他不知道究竟過了多久，只明白有那麼一刻，他竟然希望時間停止。

就在此時，紀婉兒扭動了一下，瞧她快要掉下去，蕭清明連忙扶住她，再次將她擁入懷中。這麼一動，蕭清明才發現自己的胳膊和腿已經麻了。

留意到懷裡的人皺了皺眉，似乎睡得不太舒服，蕭清明等手腳的麻痺感褪去，能活動了，便輕手輕腳地將她放在床上，拉過一旁疊放整齊的被子為她蓋上了。

紀婉兒這一覺睡得舒服極了，醒來之後胳膊不痠，肩膀也不疼了，整個人神清氣爽。

等到起床時，紀婉兒才突然想到，剛剛……她是什麼時候睡著的？

睡著之前，蕭清明好像一直在幫她捏肩膀，所以她是那時候睡著了？那肯定是他把她放到床上去的。

也不知蕭清明今日是怎麼了，突然想到要為她捏肩膀。

想了一會兒沒想通，紀婉兒笑了。不管原因為何，總之這對她來說算是好事，不是嗎？

瞧著快到午時了，想到董嬤嬤說過的話，紀婉兒決定今日吃點不一樣的。

她先去舀了幾勺麵粉，往裡面加了一點鹽，接著開始和麵。先加一些熱水攪拌，隨後加一些冷水繼續攪拌，最後將這些麵揉成一個光滑柔軟的麵團，放在一旁餳麵。

在等待的過程中，紀婉兒剁碎了蔥、薑跟蒜，又拿了一個碗，在碗中放入豆瓣醬與調料。起鍋燒油，油熱了以後放進蔥、薑、蒜等細末，再放入調好的醬料。這碗醬料在沒炒之前會有一股生豆味，炒了之後卻是香氣撲鼻，讓人食慾大開。

子安拿著逗雞的棒子跑了過來，他吸了吸鼻子道：「好香啊，嫂子，咱們中午吃啥？」

紀婉兒笑著說：「吃餅好不好？」

子安不住地點頭說：「好！」

方才雲霜一直在繡花，不知道紀婉兒已經開始做飯，這會兒趕緊過來要打下手。

見到雲霜有些匆忙的模樣，紀婉兒說道：「妳忙妳的吧，麵還要餳一會兒，現在不用妳幫忙。」

誰知雲霜像是沒聽到這話一般，逕自走進廚屋，坐在小墩子上面燒火。

紀婉兒微微有些詫異——雲霜今日這是怎麼了？

雲霜自從聽到董嬤嬤那句話，一顆心就七上八下的。雖然嫂子過去常打罵她和弟弟，可現在卻對他們特別好，她喜歡這個嫂子，不希望她跟兄長和離，她要多做些事，好讓嫂子捨不得離開。

見說不動雲霜，紀婉兒便繼續炒醬，炒好醬之後，她就去菜地拔草，瞧時辰差不多了，她便回廚屋把錫發好的麵團拿去放在案板上。

案板上刷油，將麵團擀得薄薄的，塗抹上用油和麵粉做成的油酥，隨後把麵皮對摺捲起來，擀成薄薄的餅。起鍋，鍋裡刷上一層油，輕輕將餅皮放在裡面鋪平。

紀婉兒心中默默想著，可惜家裡沒平底鍋，她只能選擇兩個鍋子當中相對較平的那一個。另一個鍋裡，正在熬她最愛的米湯。

過了一會兒，將餅皮翻面，再刷上一層油，等煎至兩面金黃，紀婉兒就從鍋裡拿出了餅。

這回紀婉兒做的吃食並不像之前一樣，還沒出鍋就能聞到獨特的香味，即便是出鍋了，這餅看上去也不怎麼好吃的樣子。

不過，在紀婉兒為餅皮刷上剛才炒的醬，又撒了一層蔥花和芝麻後，整張餅的滋味瞬間提升許多。當她拿刀切開醬香餅，發出了酥脆的聲響之後，子安的口水又差點流了出來。

看到子安直盯著醬香餅不放，紀婉兒笑道：「喏，先去吃吧。」

子安開心地端走了餅，雲霜見狀立刻追了出去，很快的，她又回來了。

紀婉兒一共做了兩大張餅，做完餅，瞧著已經午正了，她又俐落地炒了一道馬鈴薯絲。

中午有米湯、醬香餅和馬鈴薯絲，也差不多夠吃了，不過米湯配醃菜更美味。

這麼一想，紀婉兒又從一旁的甕裡撈出一根她之前醃製好的胡蘿蔔。用清水沖洗幾遍後，切成絲放入碗中，再加入一些調料跟麻油就成了。

紀婉兒端著醃菜走出廚屋時，蕭清明也從書房裡出來了。

自蕭清明走出來後，紀婉兒就一直盯著他，可她發現蕭清明看都沒看她一眼，直接無視她。

等到了堂屋，紀婉兒在蕭清明旁邊坐下，瞥了他一眼。睡覺之前不是還好好的嗎，這會兒怎麼又變得奇怪了？

紀婉兒收回視線，看向了桌上的醬香餅，笑著問子安。「嫂子今日做的餅好吃嗎？」

子安像是有些不開心，悶悶地說道：「我還沒吃，不知道。」

「嗯？怎麼沒吃？」紀婉兒有些詫異。

子安悄悄瞄了他姊一眼，回道：「嫂子做飯辛苦了，我要等妳一起吃。」

紀婉兒絲毫沒有任何懷疑，笑著說：「子安真懂事。不過沒關係，先吃後吃都一樣，以後你想吃就吃。」

子安看著醬香餅，嚥了嚥口水道：「不，我要等哥哥還有嫂子一起吃。」

餅涼了肯定沒熱的好吃，紀婉兒沒再糾結這件事，趕緊招呼大家。「快嘗嘗我做的餅好不好吃。」

說著，紀婉兒挾起了一塊餅，其他人也跟著動了筷子。

紀婉兒咬了一口，心想：嗯，不錯，味道很好。餅香醬料足，火候也行，餅都放一會兒了，還挺酥脆的。美中不足的是，這不是用平底鍋做的，還差點意思，而且沒放辣椒。

沒等到紀婉兒問，子安就稱讚道：「嫂子，這個餅真好吃，脆脆的，而且好香。」說著他又挾了一塊。

雲霜也讚道：「嫂子醬料炒得好，很好吃。」

對於這樣的意見回饋，紀婉兒很滿意，看來這個餅挺成功的，至少孩子們愛吃。

想到這裡，紀婉兒又看向坐在旁邊的蕭清明，只見他正垂眸吃餅，臉上沒有其他表情。然而在她看了一會兒後，就發現蕭清明的耳朵以肉眼可見的速度……紅了。

這是害羞了？「夫君？」紀婉兒輕喚了一聲。

蕭清明拿著醬香餅的手一頓，側頭望向她。

紀婉兒沒說話，仍舊盯著蕭清明看，他本來就緊張極了，這會兒心跳也加快了一些。

「娘子有何事？」蕭清明強忍住內心的顫抖問道。

「沒事。」紀婉兒笑著說。

「喔。」蕭清明說不清自己是放鬆還是失望，他轉過頭去想繼續吃餅，迎面卻撲來一股香味，就跟剛剛在廂房時聞到的一樣。愣怔之間，他的臉撞向了手上拿著的餅。

「夫君，你怎麼跟子安似的，都吃到臉上去了。」紀婉兒提醒道。

蕭清明的耳朵嗡嗡作響，紀婉兒說了什麼，他似是聽到了，又似是沒聽清。他只覺得眼前這雙微帶笑意的眼睛好看極了，亮晶晶的，笑進了他的心坎裡。

心，怦怦直跳，整個天地之間彷彿只剩下他們兩人。蕭清明的臉又紅了，這回紅的程度比以往任何一次都要厲害。

就在此時，子安抹了一把臉，看向兄長，不滿地說：「嫂子，妳冤枉我，明明只有哥哥吃到臉上去了，我今日沒有。」

雲霜想堵住弟弟的嘴，可惜動作太慢，來不及了。

這些話讓蕭清明回過神來，他低頭繼續吃起了醬香餅，裝作什麼事都沒發生。

紀婉兒笑著對子安說道：「子安真棒，以後也不能吃到臉上去喔！」

「嗯。」子安認真地點頭應道。

紀婉兒本想再逗弄一下蕭清明的，可惜他太不禁逗，臉紅得像是要爆炸似的，她便不敢再跟他說什麼了。掃了蕭清明幾眼後，紀婉兒便繼續用餐。

一頓飯下來餅全吃完了，每個人肚子都很撐，見大家非常喜歡她做的醬香餅，紀婉兒很是滿意。

隔天一早，卯時剛到，聽到蕭清明起身的動靜，紀婉兒也醒了過來。

換做生意的地點跟招人來幫忙的事，不是一、兩天就能成的，她還是得跟平時一樣去磨豆子。

等紀婉兒洗漱完、梳好頭髮從房裡出來，卻發現蕭清明正在磨豆子。她驚訝不已，心想太陽打西邊出來了嗎？蕭清明怎麼突然幹起活了？

紀婉兒走過去問道：「你怎麼在磨豆子？」昨天不是還在生悶氣嗎，今早這是雨過天晴，全好了？

蕭清明糾結片刻，終於憋出了一句話。「娘子辛苦了。」

他平時太過忽略紀婉兒了，昨日還是他第一次瞧見她累到捶胳膊轉脖子的模樣。平常見她總是忙得很開心，一副精神很好的樣子，是他太自以為是了。他若是做得周到一些，她是不是就不會想要離開了？

想到這裡，蕭清明的動作加快了一些。

紀婉兒不知道蕭清明在想什麼，聽到這番話，她心頭一暖。磨豆子確實很辛苦，被人關心的感覺真好。不過蕭清明讀書並不輕鬆，所以就算她很疲憊，倒也沒想過讓他幫忙。

「你先去讀書吧，我來就好。」紀婉兒說道。如今距離考試也就兩、三個月的時間了，可別為了幫她而考不上。這是攸關蕭清明人生的大事，她不希望影響他。

蕭清明沒停下動作，依舊轉動著石磨。「不用，耽擱不了多久。」

紀婉兒又勸說了幾句，可蕭清明還是快速轉動石磨，絲毫沒有讓出位置的打算。

不一會兒，雲霜過來了，她扯了扯紀婉兒的衣袖，小聲道：「嫂子，哥哥力氣大，就讓他幫咱們吧。」

聽到這話，紀婉兒相當驚訝。

雲霜這孩子是怎麼了？不管是書中描述，還是她親眼所見，都不難看出來，雲霜這個人幾乎是為了服務蕭清明而生的。

在雲霜心中，一切都以兄長讀書為重，她怕影響兄長用功，所以從來不訴苦也不告狀，可這會兒非但不跟她一起勸她兄長，還不讓她幫忙，究竟是怎麼了？

興許是瞧出了紀婉兒眼神裡的探究，雲霜覺得自己剛剛那話說得不太妥當，她怕嫂子不贊同，也怕惹嫂子不高興，連忙道：「嫂子，妳平日辛苦了，我怕累著妳，哥哥有手勁，就讓他做吧。」

自從董嬤嬤來過以後，雲霜一直都心神不寧，害怕哥哥和嫂子要和離。嫂子這麼好，她不想跟嫂子分開，跟哥哥的考試相比，她更看重嫂子。

哥哥讀書多年，她跟弟弟一直在受苦，可自從嫂子變了個人之後，他們就能吃飽穿暖，日子也過得愈來愈好了。

雲霜知道自己不應該這麼想，可她還是忍不住站在了嫂子這邊。

第二十三章　扭轉印象

紀婉兒思考了一下以後，說道：「妳兄長還要讀書，這樣做會耽擱他的。」

雲霜聽了這句話，抿了抿唇。

她心想，哥哥就算今年考不中，以後還能再考，之前考了兩回沒考上，日子也照樣過下去了，早一年或晚一年，應該沒什麼太大的影響。可若是嫂子離開，就很難再遇到對他們這麼好的人了，她不想再過以前那種生活。

「不……不會的，就這麼一刻鐘的時間，影響不了什麼的。」雲霜說道。

紀婉兒再喜歡勞動，也不愛做體力活。瞧著蕭清明認真磨豆子的模樣，再想到雲霜說的話，她覺得這樣似乎也行得通，好像真的耽誤不了多久。

仔細觀察蕭清明，他看起來一副沒吃過苦的樣子，但幹起活來一點也不含糊。想到之前為他量衣裳時摸到的線條，紀婉兒的雙頰微微有些發熱。

沒多久，蕭清明就把豆子都磨好了。

嘖嘖，幹活的男人果然最好看了！見到蕭清明額上冒出晶瑩的汗珠，再看他微紅的臉，紀婉兒走到他面前，拿出帕子為他擦了擦汗。「夫君辛苦了。」

蕭清明的臉更紅了，整個人緊張到不知所措。

真可愛，跟幹活時那俐落的樣子完全不同……紀婉兒心想。

她正考慮要不要乘機捏捏蕭清明的臉，就被他躲開道：「我去讀書了。」

說完，蕭清明慌亂地快步走去了書房。

紀婉兒的心情好極了。留給蕭清明四個餅和一顆水煮蛋之後，她便和雲霜以及子安去了鎮上。

今日不需要磨豆子，收攤之後，紀婉兒覺得身體不再那麼疲累，便將小推車和上面的東西都先放在寄存桌子與板凳的地方，領著兩個孩子去鎮上逛了逛。

雖然今天早上蕭清明幫她幹活了，但根本的問題尚未解決，她得找個好一點的地方賣吃食。

鋪子不是說定就能定下來的，打聽了一番之後，紀婉兒就去肉鋪割了二兩肉，帶著雲霜與子安回了村裡。

這肉是特地為蕭清明割的。他好不容易知道要主動幫忙了，她怎麼樣都得鼓勵鼓勵他才是，免得他心灰意冷，後頭又不幹了。

她知道蕭清明愛吃麵，中午就打算做麵條，不過今日做的不是湯麵，而是炸醬麵。

炸醬麵的關鍵，在於醬料要美味。昨日她做過醬香餅，醬料嘗起來不錯，她決定以那種醬料為基礎，再多放些調料，而且這回她要加肉。

之前紀婉兒磨了太多豆子，胳膊有些痠痛，變得很少擀麵條。可昨天有人幫她捏肩膀，今日又沒磨豆子，倒是能好好擀一擀了。

麵下鍋以後，紀婉兒將肉與蔥、薑、蒜切成丁，隨後拿一個碗調了料汁。起鍋燒油，鍋熱了之後放入肉丁翻炒，接著再加入蔥、薑、蒜丁，最後把調好的料汁倒進去。

雖然這段時間以來吃得不差，可肉還是相對金貴的食材，吃的次數沒那麼多，所以肉一下鍋，子安就蹲在廚屋門口盯著鍋子看。不光是他，連紀婉兒都嚥了嚥口水，不過她不是饞，而是餓了。

倒入醬料後，香味更濃郁了，勾得人眼睛直往鍋裡看。

「嫂子，妳做的醬料好香啊，要是有饅頭能配就好了，我能吃兩個。」子安眼神發亮地說道。

雲霜坐在一旁燒火，聽到弟弟的話，她悄悄舔了舔嘴唇，對站在一旁笑容溫和的紀婉兒說道：「嫂子煮啥都好吃，比酒樓的廚子做飯都香，以後嫂子若是開酒樓，保管比他們還賺錢。」

聽到這話，紀婉兒看了雲霜一眼，她怎麼覺得這孩子愈來愈會說話了？不過她覺得自己的手藝確實可以，要是以後有了錢，真的可以考慮開間酒樓。

「妳怎麼知道我做飯比酒樓香呢？」紀婉兒笑著問道。在她的印象中，這孩子應該沒去過酒樓才是，怎麼如今誇起她來都這麼離譜了。

雲霜認真地說：「我雖然沒嘗過，但路過酒樓門口時聞到了，他們做的飯沒嫂子做的香。」

紀婉兒沒料到雲霜竟然不是胡謅的，她先是微微一怔，接著又回過神來。「好，那等咱們攢夠了錢，就開間酒樓。」

子安和雲霜把這話當真了，眼神滿是嚮往。

只聽雲霜說道：「到時候嫂子做飯，我幫妳燒火。」

子安在廚屋沒什麼用處，回想了一般鋪子裡的狀況，他說道：「我當跑腿的，招呼客人。」

其實紀婉兒不可能讓孩子們做這些，不過當作閒聊倒也沒什麼不好。她笑著說：「好！那你兄長要做什麼呢？」

子安糾結了許久，總算想到一個配得上自家兄長的工作，他說道：「我哥最厲害了，讓他當賬房先生！」

紀婉兒心想，讓一個狀元郎給她當賬房，會不會大材小用了？

幾個人描繪著對未來的想像時，醬料煮好了，麵條也熟了。

紀婉兒盛出麵條放入碗中，又切了些黃瓜絲和胡蘿蔔絲放在上頭，最後往上澆了半勺醬料。

「哇，好漂亮啊……」子安看著炸醬麵說道。

「走吧，吃飯去。」

不一會兒，紀婉兒就把麵端到了桌子上，她把最大的那個碗放到蕭清明面前，笑著說：「夫君，這是我今日特地為你做的麵，你多吃點。」

「嗯。」蕭清明開心地看著紀婉兒。原來她知道他愛吃麵，還特別為他做。

紀婉兒煮的麵非常好吃，之前沒放醬料時，家裡的人就很喜歡了，如今嘗到嶄新的滋味，而且裡面還加了肉，受到喜愛的程度更高，幸虧她做得多，要不然就不夠吃了。

接下來，蕭清明天天磨豆子，有時候紀婉兒醒過來時，豆子都已經磨好了，這也讓她愈看蕭清明愈覺得順眼。

這日一早，三人在前往鎮上的途中，子安天真地說：「哥哥真好，他磨豆子，咱們就能多睡一會兒了。」

雲霜贊同地點點頭道：「嗯，嫂子也輕鬆了。」

一旁的紀婉兒一時沈默無語。現在她嚴重懷疑他們姊弟倆是不是跟蕭清明一母同胞了，怎麼就這麼樂意使喚他們哥哥呢？

看了幾天鋪子下來，紀婉兒終於看好了一家，不過她決定找人陪她一起簽訂契約。不管是她帶著兩個孩子簽，或是獨自一人簽，旁人難免覺得她好欺負，還是得有人當靠山才行，董嬤嬤就是最合適的人選。

從鎮上回來之後，紀婉兒發現蕭清明不在家，就將雲霜和子安託給孫杏花照顧，拿了些肉和菜，一個人回娘家去了。

一進到紀家村，就有不少熟悉紀婉兒的人跟她打招呼，她一時想不起來這些人是誰，就衝著他們笑了笑，什麼也沒說。

紀婉兒不知道的是，在她走遠之後，村裡的人都在背後議論，說她終於懂事，知道送東西給娘家了。

事實上，董嬤嬤也是這麼想的。

紀婉兒抵達娘家時，她爹紀大忠去地裡幹活，弟弟紀懷京則去鎮上讀書，只有她娘董嬤嬤在家。

自從女兒成親後，這還是她第一次帶伴手禮回娘家。這種事情對尋常人家來說再正常不過，可相較於從前女兒的做法與態度，董嬤嬤簡直感動得快要哭出來了。

紀婉兒很快地打量了一下紀家的環境。

雖然院子普普通通，跟其他家一樣餵雞種菜，可一切卻收拾得井井有條、極為整齊，一看就知道這戶人家頗為講究，再進堂屋一瞧，就跟別處更不相同了。

儘管家具、器具都是舊的，可整體看起來很是整潔乾淨，擺放的裝飾也很有品味，讓人覺得非常舒服。

董嬤嬤收下女兒拿過來的東西，為她倒了杯茶以後，便問道：「妳今日怎麼得空過來了？沒去鎮上做生意？」

紀婉兒收回了觀察四周的視線，轉過頭道：「去了，剛回來。」

董嬤嬤不贊同地說道：「做吃食很辛苦，妳怎麼還過來，沒在家裡休息一會兒？」

紀婉兒道：「最近不算太累。」

董嬤嬤一下子就明白了女兒的意思，問道：「妳請人來幫忙了？」

想到那天董嬤嬤要她和離，而且還一副對蕭清明很不滿的樣子，紀婉兒沈默了片刻，說道：「還沒請人。」

「嗯？」董嬤嬤有些疑惑。

紀婉兒喝了一口茶，解釋道：「蕭清明幫我磨了豆子。」

董嬤嬤訝異地挑了挑眉。若是眼前有一面鏡子，紀婉兒就能看出來，她平時挑眉的神態，跟董嬤嬤幾乎一模一樣。

「那日娘離開以後發生了什麼事？」董嬤嬤問道。

聽到這話，紀婉兒抬起頭來看向了董嬤嬤。她自認不會把所有情緒都顯露在臉上，可還是被猜到了，她娘果然厲害。

來到這裡這段時間，接觸過的人心思都很單純，突然遇到一個人精董嬤嬤，紀婉兒頓時覺得像是來到了另一個世界。不過，記得董嬤嬤以往跟原主說話時說教的意味都很濃，可現在卻像是在跟一個普通的大人溝通，莫不是懷疑她了？

其實紀婉兒猜錯了，董嬤嬤並沒有懷疑她。她覺得女兒雖然跟從前不太一樣，卻更懂得衡量利弊，面對問題也不逃避，深得她讚賞，而且如今女兒的行事作風跟她很像，反倒令她省心。

她在京城的侯府伺候過，知曉有些孩子年幼不懂事，常會做一些出格的事情，也會跟自家父母作對。可一旦過了某個階段，孩子就會有所成長，也會成熟許多，她女兒就是這樣。

過去她之所以把女兒當小孩教，話裡話外都要導正她的行為，是因為她實在不聽話，現在女兒沈穩許多，她自然要換種方式說話。

紀婉兒穩了穩心神，認真回答了董嬤嬤的問題。「嗯。我回去時，他正好在房裡，看到我揉肩膀，就……」

雖然紀婉兒連沒有圓房這種事都能向董嬤嬤承認，可不曉得是不是被蕭清明傳染了，這回提起這種事情，她竟然有些不好意思。「就給我捏了捏。」

女婿竟然為女兒捏肩膀？董嬤嬤不太相信地問道：「他真這麼做了？」

紀婉兒很肯定地點了點頭。

「他有說為何去磨豆子嗎？」董嬤嬤又問。

紀婉兒搖了搖頭，回道：「我也不知道，他只說覺得我辛苦了，沒說別的。」

又是捏肩膀，又是磨豆子的，看來女婿是知道體貼女兒了。對於女婿的改變，董嬤嬤還算滿意，她又問：「如今女婿還在地上睡嗎？」

紀婉兒知道她娘在問什麼，輕聲應道：「嗯。」

董嬤嬤嘆了口氣，臉上的笑意消失，剛才的想法也被自己推翻了。她琢磨了一下，又問：「妳跟兩個孩子去鎮上賺的錢，每日都交給他嗎？」

「沒有，他說那些錢都歸我，讓我自己留著。」紀婉兒答道。

想到當時董嬤嬤冷眼看待蕭清明的模樣，紀婉兒覺得她必須多說些他的好話，好讓董嬤嬤改觀。縱然不確定以後是否會跟蕭清明過下去，她也不想讓紀家和他之間產生矛盾。

「女婿真這樣說？」這倒真讓董嬤嬤重新評估起了蕭清明這個人。他們家雖然也由她管錢，但基本上不論貧富，一般人家都是由男子掌錢的，他能做到這分上，實屬不易。

紀婉兒點頭道：「嗯，確實是這樣說的，錢都在我這裡。他偶爾還會給我一些錢，說是自己賺的，可到底是怎麼賺的，我也不太清楚。那些錢倒是夠家用，還有結餘。」

董嬤嬤鬆了一口氣，說道：「是抄書賺的。」

「啊？娘怎麼知道的？」紀婉兒驚訝地問道。她確實猜測過有這種可能性，但沒得到印證。

董嬤嬤回道：「上個月妳弟弟回家時說過，說他看到姊夫去書肆了。」

「原來是這樣。」紀婉兒心想，他大概是故意跟他們錯開出門的時間吧。

董嬤嬤道：「他既然不想說，妳就別問，他若是給妳錢，就照樣收著，但別另外找他要。」

若是從前，董嬤嬤肯定要讓女兒勸女婿別賺錢，把心思放在讀書上，可現在她已經想開了，如果女婿跟他們不是一條心，她也沒必要為他考慮。總歸他落榜了兩回，就算花些時間抄書幹活，應該也沒什麼影響，只要出了狀況時別反過來責怪女兒就行。

「好。」紀婉兒頷首道。

「妳今日過來有事？」董嬤嬤問。

紀婉兒連忙說起正事。「嗯，我在鎮上看中了一個鋪子，想讓爹娘掌掌眼，陪我去簽個契約。」

「行，妳跟娘說位置在哪裡，明日一早娘跟妳爹去鎮上，到時候咱們一起去看看。」

「好，多謝娘。」

「跟娘客氣啥，只有妳過得好了，娘才能放心。」

瞧著快到午時了，既然事情已經談好，紀婉兒就打算回去了。

女兒畢竟早已嫁作人婦，家裡還有人等著，董嬤嬤也沒留她，只道：「回去的路上注意安全。」

「知道了，娘。」

戴好頭巾和面罩，紀婉兒朝著村口走去，結果剛走到那附近，就看到了一個熟悉的身影。

那人的身姿一向挺拔穩重，如芝蘭玉樹一般，現在看上去卻似乎有些焦躁，不停在原地來回踱步。

在瞧見她時，男子臉上先是露出驚訝的表情，隨後又浮現出一絲笑容，說道：「娘子。」

看到蕭清明出現在這裡，紀婉兒非常意外。「你怎麼來了？」

蕭清明兩隻手交握，眼神也有些游移，不敢看紀婉兒。

「你來這邊有事？在等人？」紀婉兒又問。剛才回家時她就沒看到蕭清明，心想他也許是出去辦事了，如今在這邊遇到他，就表示事情是在這邊辦的？

蕭清明抿了抿唇，覷了紀婉兒一眼，紅著臉小聲說：「我返家以後聽雲霜說妳回娘家了，就來看看。」

剛剛他去了鎮上的書肆，本想去他們擺攤的地方看看，誰知找了一圈沒找到人，等他趕回家時，又聽妹妹說她回了娘家。

想到那日聽到的事情，他連忙從家裡匆匆趕了過來，可真到了紀家村村口，他又退縮了，就這麼無助地在原地來回走動。

紀婉兒驚訝地挑了挑眉。既然是來找她的，那怎麼只在這裡走來走去？而且看他這樣子，應該來了一陣子了。

蕭清明抿著唇不說話，垂下眼眸，不知道在想什麼。

紀婉兒突然想到一種可能，她試探地問道：「難不成……你是特地等在這裡要接我的？」

蕭清明仍舊沒回答，可那張白皙的臉又紅了，一副害羞至極的模樣。

他抬頭迅速瞥了紀婉兒一眼，瞧她臉帶笑意，他趕忙接過她手中的籃子道：「咳，時辰不早了，娘子，跟為夫的回家去吧。」

所以，他真的是特地來接她的？紀婉兒笑了，回道：「好啊。」

——未完，待續，請看文創風1040《大器婉成》下

為流浪貓狗加油 和貓寶貝 狗寶貝

廝守終生(一定要終生喔！)的幸福機會

對人來說，貓寶貝狗寶貝只是生活的一部分，
但妳（你）對牠們來說，卻是生活的全部，領養前請一定要考慮清楚——

▲ 討摸成癮的 檸檬

性　　別：女生
品　　種：米克斯
年　　紀：約1～2歲左右
個　　性：膽小親人、脾氣超好
健康狀況：已結紮，已注射五合一第一劑和狂犬疫苗
目前住所：苗栗市（國立聯合大學動保社辦）

本期資料來源：國立聯合大學動物保護社

『檸檬』的故事：

去年寒假，聯大新來了疑似同胎的四隻成貓，貓咪們彼此關係超級好，經常會互相舔毛、互撞額頭，親暱地靠在彼此身上。當時因為其中一隻捲尾巴的比較親人，得以先抓去結紮。沒想到之後因為疫情，改為遠距教學課程，我們無法再抓貓咪去結紮，於是暑假時便收穫了這群貓咪贈送的大禮包——某隻三花貓生下了四隻小貓。

基於優先結紮母貓的原則，幹部某日發現貓咪們的蹤跡後，當即回社辦拿誘捕籠跟肉泥，順利誘捕到貓咪，並依照眼睛的顏色，為一隻綠眼的三花貓取名為檸檬。

在相處的這段時間，我們發現檸檬個性雖然有些膽小，卻有淡定的一面，會默默觀察周遭，很親人也好接近，愛貓人只需要具備擼貓的好技術即可，因為檸檬最喜歡被摸摸，不管是頭、下巴、屁屁都是牠的心頭好。

檸檬脾氣很好，在結紮手術後的照護期間，從來沒有出爪、咬人過，都是認命地被我們抱起來搽藥，完事後還會趴在我們腳邊享受專屬的摸摸服務。不只看醫生表現好，除了貓咪們都會有的喵喵叫反應外，牠的穩定是我們照護過最乖的流浪貓。有沒有人願意收編這麼優質又美麗的貓咪呀～～有意領養者請私訊聯合大學動物保護社FB或是IG，萌貓檸檬等您來愛撫。

認養資格：

1. 須填寫認養評估單（私訊後會傳送檔案），第一次先來確認貓是不是自己喜歡的，如果確定要領養，會要求做好家中防逃措施等等，第二次才能帶貓回家。
2. 須同意簽認養寵物切結書和監護人同意書（未滿20歲者）。
3. 請領養人提供身分證影本（姓名、生日、照片、住址，其他自行遮擋）、健檢單、貓咪健康護照（打疫苗時會給）等證明。
4. 晶片注射請回傳資訊（飼主須登記晶片https://www.pet.gov.tw/web/o201.aspx）。
5. 須配合送養人日後之線上回訪（傳照片或影片），對待檸檬不離不棄。

來信請說明：

a. 個人基本資料：姓名、性別、年齡、家庭狀況、職業與經濟來源等。
b. 想認養檸檬的理由。
c. 過去養寵物的經驗，及簡介一下您的飼養環境。
d. 若未來有結婚、懷孕、出國或搬家等計劃，將如何安置檸檬？

溫暖樸實、節奏輕快／夏言

2018年9月出版

靈泉巧手妙當家

說她癡傻，不過是靈魂走錯地方，忘記回家；
讚她聰明，卻是利用了前世經驗，占得先機。
且看一個小女子如何讓全家谷底翻身，
找到屬於自己的真愛……

文創風 673 1

打從有記憶以來，房言就在市郊的孤兒院裡生活，
即便沒人領養，也得不到關懷，她仍舊平穩地完成大學學業。
眼看人生即將翻開新的一頁，一場小睡竟讓她靈魂出竅……
左看右看，房言都覺得醒來以後的自己像個鄉下小丫頭，
更奇怪的是，明明她的腦袋再正常不過，旁人卻當她是傻子？
正當一切猶如墜入五里霧中時，一位白鬍老人現身夢境，
告知她那段在二十一世紀的經歷是命運簿出錯的結果，
魂魄回到大寧朝的她，再也無法像原先注定好的那樣當上娘娘！
面對這個現實，房言雖是哭笑不得，心裡卻有了想法──
既然她的未來已經變了模樣，那給點「補償」總不為過吧？!

文創風 674 2

有了能長出神奇野菜的「風水寶地」，房言說起話來更大聲了，
上自父母兄姊、下至族親同輩，無不以她的意見馬首是瞻，
就連見多識廣的合作夥伴，也得看她的臉色做事！
只不過，儘管各項吃食生意都按照計畫進行，一切也很順利，
一場家人紛紛遭遇不測的噩夢卻一直困擾著房言，
這不，那些一肚子壞水的傢伙一個個找上門，
不僅企圖扯她的後腿，甚至把主意打到她姊姊身上……
好啊，看來他們家只能不斷往上爬，變得更強大才能自保了！
只不過，當房言忙於拓展餐館版圖時，身邊悄悄圍繞了幾個人……

文創風 675 3

自從來到大寧朝，房言的生活裡幾乎沒有「不可能」三個字，
想讓全家過好日子，兩、三年就達標，甚至稱得上是富甲一方；
製作新機器、釀造葡萄酒，這些關卡沒能難倒她；
試圖在京城購地，不僅成功了，還順道買下一座漂亮的莊子；
期盼哥哥們在學業與仕途上能有所突破，他們沒讓她失望；
鼓勵姊姊勇敢追尋心中所愛，小倆口也有情人終成眷屬。
若說還有什麼不盡人意、讓她怒火中燒的，
就是那個表面上看起來單純，卻會去風月場所的臭男人！
房言不斷說服自己他們不過是關係好一點的「普通」朋友，
卻仍為此悶悶不樂，連她一向遲鈍的母親都發現不對勁。
更討厭的是，他竟然像個沒事的人，照樣找機會上門攀談！

文創風 676 4 完

雖然前後兩輩子加起來活了快四十歲，可是說到談戀愛這件事，
房言可是徹徹底底的菜鳥，經驗值為零，嫩到不行啊！
瞧，不過是誤會人家不正經，低頭道歉就沒事了，
她卻彆扭得像個不成熟的小孩，不僅手腳不知道往哪擺，
表情也僵硬得很，甚至讓對方替她化解尷尬，簡直失敗到家！
不過呢，俗話說得好：是你的就是你的，跑都跑不掉，
儘管花的時間長了一些，命運的紅繩依然緊緊繫住她跟他。
未來的丈夫有了著落，房言便心無旁騖地投身於工作，
展店、買地、擴充營業項目、改善菜色，可謂無往不利，
然而，人太出風頭，就會獲得「不必要」的關注……

2020年6月出版

菲來鴻福

文創風 852～853

不當廢柴的第一步，就是站、起、來！

看她小小庶女勇闖高門，把飛來橫禍變成天降鴻福！

灑糖日常　甜蜜無雙／夏言

從前世的噩夢醒來後，祁雲菲決定，今生不再任定國公府的人搓圓捏扁！
與其當個聽話的庶女，卻仍被父親賣到靜王府當姨娘，最後慘遭丈夫毒殺，
那不如先設法替欠下六千兩的父親還債，再伺機帶著銀子與親娘遠走高飛。
為了生財大計，她打算出門批貨做點小本買賣，卻撞上攔路劫色的惡霸，
幸好有人路見不平，這自稱姓岑的恩公大人，莫不是老天賜給她的福星吧？
遇到他之後，她的小生意似有神助，數月便湊齊銀兩，孰料禍起自家人——
掌家的伯父、伯母貪慕權勢，竟逼她入靜王府，和要嫁給睿王的堂姊同日出閣。
為保親娘性命，她咬牙嫁了，卻在掀蓋頭時當場傻住——
此處不是靜王府，眼前驚愕至極的岑大人變成了睿王爺，這到底怎麼回事？!
以庶代嫡可是死罪，且傳聞睿王是大齊最無情的冷面親王，她該如何是好啊……

文創風
1039

大器婉成 上

國家圖書館出版品預行編目資料

大器婉成 / 夏言著. --
初版. -- 臺北市 : 狗屋出版社有限公司, 2022.02
冊 ; 公分. --（文創風 ; 1039-1040）
ISBN 978-986-509-297-9（上冊 : 平裝）. --

857.7　　110022674

著作者	夏言
編輯	連宓均
校對	黃薇霓
發行所	狗屋出版社有限公司
地址	台北市104中山區龍江路71巷15號1樓
電話	02-2776-5889～0
發行字號	局版台業字845號
法律顧問	蕭雄淋律師
總經銷	知遠文化事業有限公司
電話	02-2664-8800
初版	2022年2月
國際書碼	ISBN-13　978-986-509-297-9

定價260元
狗屋劃撥帳號：19001626
網址：love.doghouse.com.tw　E-mail：love@doghouse.com.tw